KB178689

그들의 문학과 생애

한국문학평론가협회 | 한길사 공동기획

그들의 문학과 생애

이태준

장영우 지음

한길사

그들의 문학과 생애

이태준

지은이 · 장영우
펴낸이 · 김언호
펴낸곳 · (주)도서출판 한길사

등록 · 1976년 12월 24일 제74호
주소 · 413-756 경기도 파주시 교하읍 문발리 520-11
　　　www.hangilsa.co.kr
　　　E-mail: hangilsa@hangilsa.co.kr
전화 · 031-955-2000~3　　팩스 · 031-955-2005

상무이사 · 박관순 | 영업이사 · 곽명호
편집 · 박희진 박계영 안민재 이경애 | 전산 · 한향림 | 저작권 · 문준심
마케팅 및 제작 · 이경호 | 관리 · 이중환 문주상 장비연 김선희

출력 · 지에스테크 | 인쇄 · 현문인쇄 | 제본 · 성문제책

제1판 제1쇄 2008년 1월 31일

값 15,000원
ISBN 978-89-356-5982-1 04810
ISBN 978-89-356-5989-0 (전14권)

• 잘못 만들어진 책은 구입하신 서점에서 바꿔드립니다.

• 이 도서의 국립중앙도서관 출판시도서목록(CIP)은
e-CIP 홈페이지(http://www.nl.go.kr/cip.php)에서 이용하실 수 있습니다.
(CIP제어번호: CIP2008000341)

나는 아직 작가생활이 아니었다. 실제적으로 습작을 해왔다. 취미에 맞는 인물을 붙들어 가지고 스케치나 공부하면서 창작생활을 할 수 있는 시기를 기다려왔다. 나의 작품에 애수는 있고 사상이 없다는 것은 가장 쉽고 또 정확한 지적들이다. 그러나 이 작가는 이런 범위 내에서만 완성할 수 있다는 것은 속단이다. 나도 더 기다리기만 할 수는 없다. 일 년에 단편 하나를 내더라도 정말 예술가 노릇을 시작해야겠다는 결심을 이번 반칠십이란 나이를 헤이며 새삼스럽게 먹은 것이다.

·································· 이태준, 「참다운 예술가 노릇 이제부터 시작할 결심이다」

머리말

　이태준 연구가들이 그의 이름 앞에 헌정한 관사(冠詞)는 무척 거창하다. "한국 근대 단편소설의 완성자", "비경향이 낳은 가장 큰 작가"라는 문학사적 평가에서부터 "현대소설의 기법을 완벽하게 체득한 작가", "조선의 모파상" 등 다분히 심정적 차원의 찬사에 이르기까지 이태준에게 바쳐진 헌사는 최고 수준의 것들이다. 한국 근현대문학사를 통틀어 이처럼 화려한 수사로 포장되는 작가는 이광수 · 김동인 · 염상섭 · 현진건 등 극소수에 지나지 않는다. 그러나 그의 이름 곁에 악령처럼 따라다니는 '월북작가'라는 붉은 꼬리표가 그의 삶과 문학에 대한 객관적 평가를 방해한다. 1988년 납 · 월북작가에 대한 금제가 풀리면서 이태준의 사상적 편력과 문학적 특질을 규명하려는 글이 200편 이상 쓰여졌지만, 해방 후 이태준의 느닷없는 변신과 좌절을 명쾌하게 설명하는 논리는 찾기 어렵고, 그의 생사 또한 확인할 수 없는 상태이다.

1930년대 '구인회'를 조직하고 실질적 좌장 역할을 하면서 이태준은 당대의 가장 뛰어난 작가로 인정받는다. "시의 지용, 소설의 상허"란 말은 이태준의 문학(사)적 위상을 단적으로 언표하고 있다. 1930~40년대 가장 찬란한 문학적 삶을 살던 이태준은, 그러나 남북 분단과 함께 남과 북에서 모두 지워지고 잊혀진 작가가 되었다. 북에서는 자본주의물이 든 반동작가로 낙인찍혀 숙청당했고, 남한에서는 사상이 불순한 월북자로 인식된 채 서서히 잊혀져가고 있었다. 납·월북문인에 대한 해금조치가 내려진 지 20년이 지난 지금 그들에 대한 여러 증언과 자료가 발굴되고 있으나, 이태준과 관련된 것은 별로 없거나 너무 허황되어 신뢰하기 어려운 것들이 대부분이다. 그러나 그와 교분을 맺었던 원로나 인척들의 회고에 따르면, 이태준은 겉보기에 매우 차갑고 냉정한 사람인 것 같으나 실제로는 정이 많고 원칙에 충실한 사람이었다. 최근 김규동은 1930년대 말 이태준의 『가마귀』와 『달밤』 초판본을 구하기 위해 '서울 성북동 189번지 이태준 선생' 앞으로 편지를 붙였더니, 보름 만에 돈이 되돌아왔는데 그 주소가 안협이었다고 회고하면서, "과연 대작가이고 위대한 분"이라고 말한다. 일제 말기 고향에 내려가 어려운 처지에 있으면서도 생면부지의 청년문학도를 위해 책을 보내지 못하는 사연과 함께 책값을 고스란히 되돌려보낸 이태준의 행동에 김규동은 크게 감동을 받았던 것이다. 조용만 또한 구인회 시절 박태원이 이광수와 염상섭을 강연에 초빙하자고 의견을 냈다가 이태준이 완강히 반대하는 바람에 무산되었다는 기억을 되살리며 "자존심이 강했던 인물"이었노라 회고한다. 이렇듯 이태준은 문학과 인간적 측면에서 두루 매력적인 면모를 지니고 있었으나, 자료의 부족으로 인간적인 면을 많이 드러내지 못하는 것이 아쉽다.

이 글은 이태준의 생애와 문학을 함께 살피되, 작품의 문학적 성과를 주로 논하는 방식으로 씌어진다. 그것은, 인간 이태준의 진면목을 알려줄 만한 자료나 증언을 구하기 쉽지 않을뿐더러, 월북 후의 그의 행적에 대해서는 소문만 무성할 뿐 신빙성 있는 구체적 증거가 거의 없기 때문이다. 작품에 투영된 편린만으로 한 인간의 됨됨이를 두루 짐작하기에는 내 능력이 턱없이 부족함을 한탄할 뿐이다. 그러나 학문적 시각으로만 접근하지 않고 가급적 이태준의 인간됨을 살피려 노력할 것이다.

2007년 겨울
장영우

이태준

이태준의 삶과 문학

상허 이태준은 1904년 11월 4일 강원도 철원군 묘장면(畝長面) 산명리(山明里)에서 부친 이창하(李昌夏)와 모친 순흥 안씨(順興安氏)의 1남 2녀 가운데 장남으로 태어난다. 그의 부친은 구한말 덕원 감리서 주사로 봉직한 관리 출신이면서 개화당에도 관계하였던 지식계층에 속한다. 작가의 자전적 소설이라 할 수 있는 『思想의 月夜』 등의 작품에는 부친에 대한 기록이 자주 언급되고 있는데, 그는 개화당에 참여했다는 이유로 일본으로 쫓겨갔다가 몰래 고향에 돌아오지만 조선 관리들의 등쌀을 이겨내지 못해 가족을 이끌고 블라디보스토크로 이주를 한다. 그곳에서 상허의 부친은 "웅기(雄基)에서 들어온 행인에게서 무슨 소식을 듣고는 땅을 치며 통곡하다가 병이 돋혀" 1909년 8월 28일 사망한 것으로 되어 있다. 상허는 불과 여섯 살이란 어린 나이에 부친을 잃는데, 당시에는 부친의 죽음의 의미를 이해하지 못하지만 평생 동안 선고(先考)에 대한 긍지와 흠모의 정을 간직하며 강직한 삶을 살려 노력한다. 이 점은 어려서 고아가 된 뒤 아버지를 부정했던 이광수의 사례와 좋은 대조를 보여준다. 가장을 잃은 가족은 고향으로 돌아오다가 배 안에서 모친이 누이동생을 낳자 애초의 예정을 바꾸어 배기미[梨津]에 내려 부근 소청(素淸)에 정착한다. 친척들에 따르면 누이를 배에서 낳았다고 이름도 '선녀'라고 지었다고 한다. 소청에서 모친과 외조모가 음식점을 차려 어느 정도 생활이 안정되지만, 모친마저 1912년 돌아가시자 이태준은 아홉 살이란 어린 나이에 고아가 되고 만다.

타향에서 부모를 모두 잃은 상허는 두 누이와 함께 외조모의 손에 이끌려 용담으로 돌아온다. 누나(정송)는 조혼의 풍습을 따라 일찍 시집을 가고 누이동생(선녀)도 "당고모의 주선으로 서울의 어느 양가집에 양녀로 들어가"[1]는 등 이태준은 천애고아가 되어 동가식서기숙하다가 1915년 당숙(李龍夏)에게 입양된 후 사립 봉명학교(鳳鳴學校)[2]에 입학한다. 1918년 우수한 성적으로 이 학교를 졸업한 상허는 봉명학교 교장의 추천으로 간이 농업학교에 입학하나 한 달 만에 퇴교한 뒤 가출한다. 어린 나이에도 불구하고 인생을 자기 손으로 개척하려는 확고한 결심을 지닌 상허는 원산에서 사환생활을 하다 소식을 듣고 찾아온 외조모를 만나 그분의 보살핌을 받으며 다소 안정된 생활을 한다. 그가 『시문독본』, 『추월색』, 『옥중가화』, 『해당화』 등 문학작품을 읽은 것도 바로 이 무렵인데, 톨스토이의 『부활』을 초역한 『해당화』에 깊은 감명을 받는다.

이태준은 1920년 배재학당 보결시험에 합격하였으나 학비가 없어 등록조차 못하고 배회하다가 원산 물산객주집에서 알게 된 한 상인의 도움으로 청년회관의 야학 고등과에 입학한다. 이듬해 그는 휘문고등보통학교에 입학하지만 여전히 사정은 어려워 월사금 체납자의 명단에 늘 이름이 올랐고 등록 마감일을 앞두고는 한두 주일 결석을 한다. 그러나 이태준의 어려운 처지를 알게 된 교장의 후의로 교장실 청소를 하는 대신 학비를 면제받게 되어 도서관에서 서구 문호의 작품을 탐독한다. 당시 휘문고보의 교지(『徽文』 제2호, 1933)에 「夫餘行」이란 기행문을 비롯, 총 6편의 글을 싣고 있는 것으로 미루어 문학에 얼마간 흥미를 느꼈고 재능도 인정받은 것으로 보인다.

하지만 이태준은 학교의 비교육적 행태와 교주(校主)의 횡포에 대항하여 전개된 동맹휴교 사건에 깊숙이 연루되어 졸업을 한 해 앞둔 1924년 퇴교당한다. 이태준은 『第二의 運命』 등 여러 작품에서 사립학교와 교사를 등장시킨다. 그가 그리는 사립학교와 일부 교사의 모습은 대체로 부정적이어서, 그의 학창생활이 결코 순탄하지 않았음을 알 수 있다. 그것은 단순한 경제적 문제 때문만이 아니다. 학생을 학교의 부속물로 여기는 교주, 학생을 폭력과 억압으로만 대하려는 일부 교사의 행태가 이태준에게 부정적인 학교상을 심어주었던 것이다. 이태준은 친구 김연만의 도움으로 일본으로 건너가 도쿄 조치대학(上智大學)에 입학한다. 그곳에서도 신문배달을 하며 어렵게 학업을 계속하다 미국인 베닝호프 박사의 후의를 입기도 하지만, 1927년 대학도 졸업하지 못한 채 귀국길에 오른다. 베닝호프 박사는 이태준에게 미국 유학까지 권할 정도로 호감을 보였으나, 그가 조선인 유학생을 차별하는 것에 실망한 이태준은 결국 유학생활을 정리한다. 이런 몇 가지 정황으로 미루어 그의 성격이 매우 강직하고 직선적임을 알 수 있다. 이러한 성격은 일찍 돌아가신 아버지를 동경하며 생성된 것으로 보이는데, 주위 사람들에게 다소 차가운 인상을 주었던 것도 이런 성격 탓이라 보인다.

도쿄에서 그는 단편 「오몽녀」를 탈고, 『조선문단』에 입선하였으나 그 잡지에 게재되지 못하고 『시대일보』(1925. 7. 13)에 발표된다. 도쿄에서 가까이 지낸 이로는 나도향·김지원(金志遠) 등이 있다.

1927년 귀국한 이태준은 조국이 처한 상황을 자각하여,

식민지 지식인으로서 조국을 위해 의미 있는 사업을 하고자 하나 좌절만 겪는다. 몇 년간의 도쿄 생활을 정리하고 귀국하면서 겪은 식민지 백성으로서의 쓰라린 체험은 「고향」이란 작품에 선명하게 그려져 있다. 1929년 『개벽』사(社)에 입사한 그는 『학생』, 『신생』과 같은 잡지의 편집에 관여하고 『어린이』란 잡지에 「어린 수문장」, 「불상한 소년 미술가」 등 소년물을 발표하면서 본격적인 창작활동의 불씨를 지핀다. 이듬해인 1930년 5월 이화여전 음악과 졸업생 이순옥(李順玉)과 결혼한다. 이태준의 소생으로는 장녀 소명(小明), 장남 유백(有白), 차녀 소남(小楠), 차남 유진(有進), 삼녀 소현(小賢) 등 2남 3녀가 있다.

이태준이 작가로서 인정을 받으며 왕성한 창작활동을 벌이던 시기는 1931년 이후이다. 그는 『중외일보』(中外日報)가 폐간되면서 제호(題號)가 바뀐 『조선중앙일보』의 학예부장에 임명된다. 그런 한편, 문단에서의 교유도 활발하여 '구인회'를 결성하면서 카프의 목적문학에 반대하는 등 자신의 문학적 색채를 뚜렷이 드러낸다. 그리고 이화여자전문학교·이화보건전문학교·경성보건전문학교 등의 학교에 출강한다. 이때부터 1937~38년 사이가 이태준에게는 가장 행복하고 경제적으로 여유가 있었던 시기가 아닌가 싶다. 그는 이 시기에 매년 한 편꼴로 신문에 장편소설을 연재했으며

1933년에는 무려 2편의 장편을 포함하여 총 10편의 소설을 발표한다.

그는 1933년 무렵 성북동으로 이사한다. 간송(澗松)미술관과 지척의 거리에 자리한 그의 집은 현재 지방문화재로 지정되어 있다. 당시 오세창(吳世昌)의 집도 근처에 있었는데, 이런 지리적 환경은 그에게 고미술품에 대한 식견을 넓힐 수 있는 유리한 기회를 준 것으로 보인다. 당시 골동품 거간꾼 대부분이 전형필 주변에 몰려들었고 거기서 흘러나온 물건 중 일부는 오세창의 손에 들어갔다. 이태준은 오세창과 친분을 맺으며 자연스럽게 골동품에 대한 안목과 식견을 넓힐 수 있었고, 간송미술관 소장품을 감상하며 그 깊은 맛을 음미할 수 있었다. 특히 막역지우였던 김용준은 골동품에 대해 상당한 지식을 갖고 있었으므로 상허의 골동품 감식안은 일반인의 수준을 훨씬 넘어선 것이었으리라 짐작된다. 그의 수필과 소설에 빈번히 나타나고 있는 고완품에의 애착은 이런 주변 환경과 무관하지 않다.

1938년을 고비로 이태준은 자신의 삶과 문학을 근본적으로 반성하는 기회를 갖는다. 일제는 중일전쟁을 도발하고 파쇼 체제를 강화하면서 '조선교육령'을 개정하는 한편, 전쟁이 태평양 일대로 확대되면서 우리 민족의 정기를 말살하려는 악랄한 정책을 시행한다. 전문학생 및 중학생이 각종 토목공사에 동원되다가 학도병으로 강제로 끌려갈 뿐만 아니라 여성들마저 '정신보국대'라는 이름으로 전장에 끌려가 성적 노리개로 전락한다. 또 일제는 '신사참배'를 강요하여 우리 민족의 정통성을 부정하고 민족적 자존심을 여지없이 유린하는 등 만행을 부린다.

1939년에는 악명 높은 창씨개명이 시작된다. 이즈음 이태준은 지금까지의 문학에 대해 반성하면서 새로운 변화를 모색하기 시작한다. 그는 이제까지의 작품은 모두 습작에 지나지 않으며 본격적인 소설 건축에 노동과 시간을 쓸 수 있는 날이 오기를 바란다는 희망을 피력하지만, 그런 희망이 이루어지기에는 시대적 정세가 지나치게 암울했다.

이태준은 1939년 『문장』의 편집을 맡아 신인추천제도를 도입하여 임옥인 · 최태응 등을 작가로 추천한다. 그 후 그는 창작에만 전념하면서 일제에 능동적으로 저항하지 못한 채 황군위문작가단과 같은 단체활동에 참여하고, 그들이 주는 '조선예술상'을 수상하며, 「제1호 선박의 삽화」와 같은 친일적인 글을 쓰기도 한다. 그러나 그는 곧 자신의 매문 행위에 부끄러움을 느끼고 1943년 고향인 철원(혹은 안협)으로 내려가 낚시로 소일하다가 1945년 8월 16일에야 해방의 소식을 듣는다.

해방과 더불어 귀경한 상허는 임화 · 김남천 등 카프 계열

작가와 어울리면서 '조선문학가동맹'의 부위원장을 맡는다. 당시의 심정과 주변상황은 작품 「해방전후」에 소상히 나와 있거니와, 그는 1946년 돌연 월북하여 같은 해 8월 모스크바를 방문하고 『소련기행』을 쓰는데, 이 글은 남한에서 먼저 출판된다. 이태준의 월북 이유에 대하여는 추측이 구구하지만 대체로 비판론과 동정론으로 대별된다. 임정파였던 이봉하와 이태준은 사상 문제로 다소 갈등을 빚었는데, 이동진의 회고에 따르면 "조선문학가동맹사건으로 미군정에서 체포령이 내려" 이태준이 월북했다고 한다.

월북 당시에는 김일성대학 교수인 정율(鄭律)에게서 "조선의 모파상"이라 기림을 받고, 『로동신문』 주필 기석복(奇石福)은 수차례 '조·소 문화협회' 주최로 이태준 연구 발표회를 갖도록 주선하는 등 극진한 대접을 받고, 북한에서 발표한 『농토』는 "모스크바에 내놓아도 손색이 없는 작품"이란 평가를 얻는다. 6·25가 발발하자 서울에 온 그는 누이동생과도 만나지만 "무언가에 시달리는 사람처럼 피곤하고 시름에 젖은 표정"으로 누군가가 김일성의 인품에 대해 물어도 "차차 알게 될 것이다"라고만 대답했다고 한다. 한국군이 평양을 수복한 뒤 일부 남한측 인사들이 그를 구출하려 했으나 성사되지는 못했고, 이태준 또한 귀순을 모색하였으나 이루어지지 못했다.

1953년 휴전 이후 김일성계는 전쟁의 책임을 남로당에 전가하고 대대적인 숙청사업을 벌인다. 당시 이태준은 소련의 비호를 받아 간신히 생명은 부지하지만, 1956년 숙청당한 뒤 함흥노동신문사 교정원(1957), 함흥 콘크리트 블록공장 파고철 수집노동자(1958) 등 험한 고생을 한다. 그의 생사에 대하여는 여러 이야기가 있는데, 북한 내무성 부상을 지낸 강상호는 "53년 가을 이태준 선생은 자강도의 산간 협동농장에 보내져 감자재배 등 막노동을 하다(……) 60년대 병들어 사망"했다고 증언한다. 그러나 김진계는 1969년 5월 이태준을 만났다고 하며[3] 최진이는 1964년 이태준이 평양 중앙당 101호 창작실(남조선물 창작기관) 작가로 회복되어 올라왔다 1974년 다시 강원도 장동탄광 노동자구 탄광노동자로 숙청당해 그곳에서 1년 만에 아내 이순옥이 뇌출혈로 쓰러졌고 3년 동안 자리보전하다 사망한 뒤 알지도 못할 곳으로 돌연 실려가버렸다고 증언하고 있다.[4] 최진이의 이 글은 이태준의 큰딸이 쓴 육필 수기와 막내딸 소현이 쓴 일기를 토대로 한 것이라 하는데, 얼마나 신빙성이 있는지는 가늠하기 어렵다.

지금까지 살펴본 대로, 이태준은 어려서 고아가 되어 무척 고생을 했으나 아버지에 대한 존경과 자부심으로 경제적 곤란이나 사회적 불의에 굴복하지 않았다. 문학활동에서도 시류에 영합하지 않고 예술성을 잃지 않으려 노력했는데, 이 때문에 북한에서 반동분자로 몰려 숙청당했다. 이태준 본인은 그렇다 하더라도 가족들의 행방과 생사마저 완전히 두절된 것은 더욱 안타까운 일이다.

문단활동과 문학관

구인회의 조직과 순수문학 제창

1930년대는, 정치적으로 대동아공영권을 수립하기 위한 전초전으로서 만주사변(1931. 9. 18)이 발발하고, 문단에서는 카프 맹원의 검거가 본격적으로 시작되어 매우 암담하고 우울하게 그 서막이 열린다. 대동아공영권론은 아시아 각 민족이 결합하여 서구의 침략에 대항하자는 그럴듯한 명목을 내세우고 있으나, 실질적으로는 일본이 아시아의 맹주가 되려는 일본제국주의의 야욕에 지나지 않았다. 일제는 이러한 목적을 달성하기 위하여 우선 자국(自國)의 체제를 '신질서 건설'이라는 구호 아래 엄격히 통제하기에 이른다. 이것은 메이지 유신 이후 민주주의 체제를 유지해왔던 일본의 정치 체제를 일왕(日王)을 정점으로 한 군부(軍部)에 막강한 권력을 부여하여 파시즘적 체제로 강화하려는 의도로 말미암은 것이다. 파시즘적 체제의 확립과 강화로 일본 국내의 반대 세력은 급속하게 붕괴되어갔고 한반도에서도 엄격한 사상 통제가 이루어져 지식인들의 행동반경은 더욱 협소해진다. 그 결과 그 이전까지는 어느 정도 허용되었던 언론의 자유가 온갖 검열과 통제로 위축되었고, 사상취체가 한층 강화됨으로써 사상활동이 엄격한 감시와 통제를 받는 한편 집회 및 결사의 자유는 거의 전면적으로 봉쇄된다.

이렇듯 얼어붙은 정치 · 사회 · 문화적 토양에서 구인회가 조직되는데, 이것이 가능했던 것은 그들이 문학의 정치적 지향을 가급적 배제하면서 이른바 순수문학을 기치로 내세웠기 때문이다. 이때 순수문학의 개념에 대하여는 구인회 동인들조차 확고한 논리를 갖추고 있지 않았으나, 대체로 카프가 주장했던 계급문학 · 목적문학을 지양하고 문학의 자율성을 옹호하려는 태도로 이해할 수 있다. 특기할 사항은 구인회가 번잡스런 강령이나 조직을 결성하지 않고 단순한 문인 친목 단체임을 내세우면서도 구성원 각자가 뚜렷한 개성적 목소리를 가지고 새로운 문학을 예고했다는 점이다. 그것은 카프의 목적문학과 대립되는 순수문학이며 모더니즘 계열의 신세대문학으로 요약된다.

이종명(李鍾鳴)과 김유영(金幽影)이 먼저 발의를 하고 조용만(趙容萬)이 교량 역할을 담당하여 이무영 · 김기림 · 이태준 등 일간지 문예 담당기자가 가담하면서 구인회의 예비 모임이 이루어진다. 조용만의 회고에 따르면, 애초에 모임을 발의한 것은 이종명이었으나 막상 5인의 발기인 모임 때부터는 이태준이 가장 적극성을 보였던 것 같다. 당시 『조선중앙일보』의 학예부장으로 재직하던 이태준은 카프 문학에 적지 않은 반감을 갖고 있던 차에 조용만의 권유를 받고 적극 참여했던 것이다.

카프의 강령에 호감을 갖지 못했던 이태준은 순수문학단체를 결성하자는 제의에 열성적으로 참여한다. 흥미로운 점은 그가 모임의 발의자 이종명과 자주 언쟁을 벌였다는 대목이다. 그 결과 1933년 8월 15일 구인회가 결성된 뒤 이종명은 곧 이 모임을 떠난다. 이런 맥락에서 보면 결국 구인회는 이태준을 정점으로 하여 결성된 순수문학 그룹으로 볼 수 있다. 한두 차례의 임원 교체 끝에 확정된 동인도 거개가 이태준 혹은 정지용과 가까운 친분관계를 유지했던 사람들이었다. 그리하여 구인회 멤버는 이태준 · 정지용 · 김기림 · 박태원 · 이상 · 김유정 · 김환태 · 박팔양 등으로 정리된다.

구인회는 문학적으로 뚜렷한 자기 색깔을 지닌 단체가 아니고 각 개인의 창작활동을 지원하자는 친목단체였기에 두드러진 외적 활동을 보이지 않는다. 그들은 기껏해야 몇 번의 작품합평회를 열고 일종의 기관지라 할 『詩와 小說』을 발간하는 데 그쳤을 뿐, 집단적인 움직임으로 문단에 직접적으로 기여한 바는 거의 없다. 하지만 구인회 구성원 모두는 30년대 한국문학의 산맥에서 저마다 개성적인 봉우리를 형성한 문인들이다. 이들이 카프와 달리 단체로서의 집약된 목소리를 내지 않으면서도 나름의 성과를 거둘 수 있었던 것은 그들 개개인의 탁월한 문학적 감수성과 능력 때문이었다고 할 수 있다. 그러나 이태준·김기림 등이 일간지의 문예면을 담당하면서 구인회 동인에게 지면을 제공하였던 것도 간과할 수 없는 주요한 원인이다.

구인회의 결성이 카프의 제1, 2차 검거를 전후로 한 시기에 진행되었기 때문에 카프의 반격이나 비난이 있었던 것은 당연한 일이다. 그중에서도 감정적이고 직설적인 언사를 동원해가며 구인회를 공격하고 나선 인물은 백철이었다. 그는 "구인회의 결성을 예원(藝苑)의 분위기를 사악케 하는 악사도(惡蛇徒)로 취급"[5]하겠노라는 극언도 서슴지 않는다. 하지만 감정이 앞선 백철의 지적은 "카프파류의 선입관념에 사로잡힌 나머지 구인회에 대해 무조건적 거부, 또는 배격을 노골적으로 드러낸 것"에 불과하다. 카프가 문학의 사회성이나 정치성을 문학의 최우선 조건으로 내세웠다면 구인회 역시 문학의 예술성을 기치로 걸었기에 구인회에 아무런 방향이 보이지 않는다는 지적은 억지에 지나지 않는다.

이에 반해 홍효민은 구인회를 동반자적 그룹 혹은 중간파적 작가로 파악하고 있어 흥미롭다. 부분적으로 구인회의 실체를 인정한 홍효민의 견해는 당시 카프의 내부분열과 갈등이 겉으로 표현된 사례에 해당한다. 그는 1931년 제1차 카프 검거로 그 위세가 상당 부분 위축되긴 했으나 아직도 영향력을 행사하고 있을 당시를 일종의 반동시기로 파악하고 구인회 존재의 정당성을 인정했던 것이다. "구인회 이것은 반동시대에 가장 큰 캐스팅뽀드를 쥐고 잇는 동반자류의 문예운동"이며 따라서 "다음 모멘트를 위하야 커다란 역할은 못할지라도 없어서는 안 될 만한 그러한 역할을 하게 될 것"[6]이라는 그의 판단은 시대 흐름을 객관적으로 진단한 결과라 보인다.

이태준의 순수문학론의 정체가 무엇인가는 분명치 않다. 다만 그는 기회 있을 때마다 여러 지면을 통해 소설에서 인물의 성격창조와 묘사가 무엇보다 중요하다고 역설한 것을 참조할 수는 있다.[7] 그는 말하기와 보여주기의 방식을 제대로 이해하고 있었던 것으로 보이는데, 가령 "들려주는 건 이야기 책이다. 보여주는 것만이 소설의 표현이다. 도모지 描寫들을 못한다. 아모리 굉장한 主題라도 描寫를 거치지 못하고는 영원히 素材이거나 素材解說에 불과한 것"이라는 대목이 그러한 추정을 뒷받침해준다. 또 이태준은 인물이 사건보다 몇 배 중요하다는 점을 강조하며, 그것이야말로 단편소설의 성패를 좌우하는 것이라고 말한다.

"소설은 사건보다 먼저 인물에 있다. 사건이란 인물에 소유되는 것이기 때문이다."
"단편이란 소설 형태 중에서 인물 표현을 경제적이게, 단편적이게 하는 자라 생각하면 고만이다."
"나는 사건보다 인물을 쓰기에 좀 더 노력하는데 사진에서 오려진 인물로도 몇 가지 쓴 것이 있다."
•『무서록』

위에서 확인할 수 있듯, 이태준은 등장인물의 성격창조에 가장 고심하는 한편 서술보다 묘사에 많은 관심을 기울인 작가이다. 이러한 노력으로 말미암아 그는 평자들에게 스타일리스트 혹은 인물묘사에 뛰어난 작가라는 평가를 받을 수 있었다. 결국 이태준은 문학은 언어예술이라는 인식을 가지고 있었으며, 정치적 이데올로기를 강조했던 카프의 문학적 입장과 대립할 수밖에 없었던 것도 그 때문이라 보인다.

『문장』 발행과 상고주의

흔히 '文章派'로 일컬어지는 세 명의 문인이 있다. 가람 이병기 · 정지용 · 상허 이태준이 그들인데, 가람 이병기는 이들의 정신적 지주 혹은 종사(宗師)로 선두에 놓이고 상허 이태준은 『문장』지의 실질적 주관자요 책임자로서 그들의 가치관 · 세계관을 구현하는 데 앞장섰던 사람이다. 다소 앞질러 이들의 문학관이나 세계관을 정리한다면 '상고주의'라 요약할 수 있다.

난(蘭)과 문장파의 긴밀한 상관관계를 해명하는 일이야말로 문장파의 세계관을 이해하는 첩경이다. 선행 연구가에 따르면 이들 문장파에게 난은 단순한 식물의 차원에서 이해되는 사물이 아니라 정신적 차원, 좀더 자세히 말하자면 "물외한인(物外閑人)으로서의 자기실현을 삶의 지표로 삼는 고답적인 선비문화의 모방"[8]이며 "선비정신" 혹은 "기품의 생명적 감각화"로 규정된다. 이태준이 난에 기울이는 집착이 과연 어떠한 것인지는 그의 수필 가운데 하나인 「난초」에 극명하게 드러나 있다.

……芝溶大仁에게서 편지가 왔다.

『가람선생께서 난초가 피었다고 이십이일 저녁에 우리를 오라십니다. 모든 일 제처놓고 오시오. 淸香馥郁한 망년회가 될 듯하니 질겁지 않으리까.』

과연 즐거운 편지였다. 동지섯달 꽃 본듯이 하는 노래도

있거니와 이 영하 이십도 嚴雪寒 속에 꽃이 피였으니 오라
는 소식이다.

　이날 저녁 나는 가람댁에 제일 먼저 드러섰다. 미다지를
열어주시기도 전인데 어느듯 호흡 속에 훅 끼처든 것이 향
기였다.

　옛사람들이 聞香十里라 했으니 戶와 마당 사이에서야 놀
라는 者ㅣ 어리석거니와 대소 십수 盆 중에 제일 어린 絲蘭
이 피인 것이요 그도 단지 세 송이가 핀 것이 그러하였다.
난의 본격이란 一莖一花로 다리를 옴초리고 막 날아오르
는 나나니와 같은 자세로 세송이가 피인 것인데 戶안은 그
윽히 향기에 찼고 창호지와 문틈을 새여 밖앝까지 풍겨나
가는 것이였다.

　우리는 옷깃을 여미고 가까이 나아가 잎의 푸름을 보고
뒤로 물러나 橫一幅의 墨畵와 같이 百千劃으로 벽에 엉크
러진 그림자를 바라 보았다. 그리고 가람께 양란법을 드러
며 이 戶에서 눌러 一卓의 盛饌을 받으니 술이면 蘭酒요 고
기면 蘭肉인듯 입마다 향기로웠다.

　豊歲蘭 두어 盆도 내가 三越溫室에서 보던 것처럼 花莖
들이 불숙불숙 올려 솟았다.

　주인 가람선생은 이야기를 잘하신다. 客中에 지용은 웃
음소리가 맑다. 清香清談清笑聲 속에 塵雜을 잊고 半夜를

즐기였도다.

• 「난초」

이 글 행간에는 난으로 엮어진 가람·지용·상허의 우정이 얼마나 고고하고 탈속적인가를 뽐내려는 의도가 임리하다. 이태준은, 비록 가람의 경지에까지 이르지는 못했더라도, 직접 난을 재배하기도 했고 난을 올바르게 감상하는 방법은 터득한 듯하다. 그렇기에 "가까이 나아가 잎의 푸름을 보고 뒤로 물러나 횡일폭의 묵화와 같이 백천획으로 벽에 엉크러진 그림자를 바라"볼 수 있었을 것이다. 여기서 '난'(蘭)은 바로 선비정신 혹은 상고주의의 상징적 지표이다.

이태준이 고서화나 골동품에 유다른 애착을 보인 증거는 「고완품과 생활」에서 잘 드러나는데, 이 글은 상고주의를 이해하는 데 특별히 주목되어야 할 작품이다.

선인들의 생활을 오래 이바지하던 그릇으로 더부러 오늘 우리의 생활을 담어 본다는 것은, 그거야말로 고전이나 전통에 대한 가장 정당한 '해석'일는지 모른다. (……) 청년층 지식인들이 도자기를 수집하는 것은, 고서적을 수집하는 것과 같은 의미를 나타내야 할 것이다. 완상이나 소장욕에 끄치지 않고, 미술품으로, 공예품으로 정당한 현대적 해석을 발견해서 고물 그것이 주검의 먼지를 털고 새로운 미와 새로운 생명의 불사조가 되게 해주어야 할 것이다. 거기에 정말 고완(古翫)의 생활화가 있는 줄 안다.

• 「고완품과 생활」

이 글의 서두에는 어째서 골동품을 고완품으로 바꾸어 읽는지에 관한 해명과 자신에게 붙여진 것으로 보이는 '골동품'이란 별칭에 대한 불쾌한 감정이 직설적으로 드러나 있다. 이태준의 상고주의는 물신적 전통숭배나 폐쇄된 고전세계에의 집착이 아니라 옛것을 통하여 현재의 의미를 해석하고 올바른 방향으로 나아가려는 진취적 현실인식의 방법이다. 근대화의 물결에 밀려 퇴물 취급이나 당한 채 사회에서 소외된 노인층에게서 난세를 헤쳐나갈 삶의 슬기를 얻어내려는 전략과도 유사하다.

이태준을 비롯한 이른바 문장파 문인들이 상고주의적 태도에 깊이 편향되어 있다는 것은 잘 알려진 사실이다. '상고주의'란 용어를 제일 처음 쓴 이재선은 "그(이태준―인용자)의 문학세계의 강한 정신적인 기반이 되고 있는 것은 상고주의와 연민의 정조"라고 단정짓고 있으며, 김윤식은 상허의 고전에 대한 지향성을 일제 말기의 시대적 상황에 대한 대치물로 이해하고 있다. 실제로 이태준은 난·고서화 혹은 고완품을 소재로 한 수필을 여러 편 남기고 있어서 그의 고전관(古典觀)을 이해하는 데 많은 도움을 준다. 그러나 상고주의가 이태준 문학의 핵심적 요소라는 데는 공감을 해도 그 문학적 의미에 대해서는 해석이 각양각색이다. 예를 들어 김현은 이태준의 상고주의를 딜레탕티즘으로 이해한 뒤, "그의 딜레탕티즘은 개인의 안위와 골동품에 대한 기호심의 소산이며, 지조와 이념을 그 기반으로 하고 있는 선비기질과 판연히 다르다"[9]고 그 가치를 폄하하는 데 반해, 김윤식은 "한국근대사상사의 정신사적 거점은 한마디로 상실감의 회복으로 규정될 수 있을 것"인데 이러한 상실감 일반에 대처하는 방법으로 가람과 상허로 대표되는 민족주의파의 "원초적(고향) 상실감과, 그 위에 식민지적 조건의 첨가는 그들로 하여금 고문 혹은 고전에의 동경에로의 지향성을 드러낸다"[10]라며 상고주의의 의미를 적극 해명한다.

이태준의 상고주의를 이해하기 위해서는 「고완품과 생활」을 자세히 읽어야 한다. 이 글에서 확인할 수 있는 것은 이태준의 상고주의가 현실과 괴리된 귀족적 호고 취향이 아니라는 사실이다. 이태준이 고완품에 경도된 까닭은 그것을 통해 현대의 의미를 발견하자는 '온고지신'(溫故之新)의 정신에 근거를 두고 있었던 것이다. 그는 여러 글을 통해 자신의 상고 취향의 정신적 기반을 설명하고 있다. 그렇다면 옛것을 통해 새로움을 안다는 진술의 정확한 의미는 무엇일까. 이 물음이야말로 이태준의 상고주의 정신을 이해하는 데 있어서 가장 본질적이다. 그러나 안타깝게도 이태준은 이 문제에 대하여 분명한 태도를 보여주지 않았다. 그가 지칭하는 고완품 혹은 고전이란 대상의 실체가 대단히 막연하거나 논리적이지 못하다. 그러나 중요한 것은 그의 상고주의가 민중의 차원에 뿌리박고 있으며 일본제국주의에 의해 선도된 근대화에의 탄력적인 저항전략이라는 사실이다.

근대화가 일제에 의해 철저히 훼손된 세계이기에 이에 대처하는 방식은 반근대·반문화주의라는 명제를 거점으로 하지 않을 수 없었음에서 상허의 방식은 중요한 의미가 있는 것이다. 난(蘭)이니 매(梅)니, 고서화·골동품 등 소멸되어 가는 미학이 훼손된 가치에 대한 강렬한 대처물이었던 셈이다.[11)

이태준의 상고주의는 옛것으로 현재를 재해석하려는 동양의 전통적 삶의 지혜이며, 일제의 야만적 문화주의에 대항하는 고육지책으로 보아야 한다. 서구식 근대화로의 이행이 우리 민족에게 초미의 관심사였던 것은 분명한 일이지만, 그것이 일제의 지배논리에 종속되는 결과를 초래한다면 당연히 그에 저항해야 옳다.

근대주의란 합리성과 가치중립성 및 제도적 장치, 자본주의 등을 정신적 기반으로 한다. 합리적 사고란 과학적 논리가 우선되는 가치체계를 말하는데, 이런 논리는 민족정신이라든지 민족정기 대신 국가·제도 등의 합법성 여부에 따라 옳고 그름이 판단된다. 그러나 일제치하에서의 국가개념은 침략자가 건설한 허구의 국가이기 때문에 우리의 민족적 요구와 어느 하나도 부합될 수 없었다. 이태준은 일제에 항거하는 방편을 논리가 아닌 도덕이라든가 윤리의식 같은 심정적 차원에서 찾았고, 그의 상고주의가 갖는 문학적 의의도 그런 맥락에서 이해할 수 있다. 우리 민족의 자체적 역량으로 근대화를 이루는 데 실패하여 일제의 지배를 받았던 특수상황 아래서 근대 혹은 근대주의를 보편적 시각으로 이해한다는 것은 온당하지 못할뿐더러 문제의 핵심에서 벗어나는일이 된다. 왜냐하면 우리 민족이 독립투쟁을 전개하였던 것조차도 지적 중립성을 강조하는 논리의 세계에서는 비합법성·반국제성 등으로 괴이하게 논리적 변환을 겪을 수도 있기 때문이다. 당시는 일본이란 국가체제가 한반도를 지배하여 다스리고 있었으므로, 거기에서 한민족의 정기를 되찾겠다고 부르짖은들 그것 자체가 제도에 대한 불경스런 도전행위로 인식되는 제국주의적 시각이 합리적으로 존중받았기 때문이다. 따라서 일제가 식민지 지배논리의 차원에서 그들의 합법성과 정당성을 내세울 때 우리 민족이 취한 여러 가지 대응방식 가운데 하나로서 상고주의는 선명한 의미를 갖는다. 이것이 일제에 직접 대항하는 방법은 못 되었지만, 조선적인 것을 잃지 않으려는 상고주의의 본질이 일제에 대한 매우 유용한 항거수단이라는 해석은 나름대로의 논리적 설득력을 갖추고 있다.

이태준 단편소설에 나타난 지식인의 초상

지식인의 갈등과 좌절

일반적 의미에 있어서 지식인은 "인간·사회·자연·우주에 대한 일반적 법칙과 추상적 원칙을 그 어느 사회 구성원보다도 더 빈번하게 또 더 깊게 생각하는 존재"로 설명된다. 지식인(계층)은 다른 계층에 속한 사람에 비해 한 시대와 사회의 문제에 대해 본질적인 관심을 드러내며 매우 예민한 반응을 보인다. 지식인이 작품의 주요인물로 등장하는 소설을 '지식인소설'이라 부르는데, 우리 근대소설사에서도 이 유형의 소설은 적지 않은 분량을 차지한다. 일제 식민통치는 지식인 주인공이 당대 사회를 냉철히 분석하고 비판하는 내용의 이야기를 구체화할 수 있는 여건을 허용하지 않았지만, 그런데도 당대 작가들은 시대 상황을 배경으로 하여 지식인으로서의 소명을 다하고자 노력했던 것으로 평가할 수 있다.

1920~30년대에 지식인의 본질과 역할, 그리고 당시 지식인의 현황에 관한 글이 빈번하게 나타난 것은 결코 우연한 일이 아니다. 왜냐하면 당시는 서구적 지식을 수용한 젊은 지식계층이 사회 각계에 포진하고 있었으나 그들의 역할이 축소·왜곡될 수밖에 없는 처지였기 때문이다. 이 글에서는 지식인의 유형을 비판적 지식인과 부르주아적 지식인으로 구분하여 이태준 소설의 작중인물과 대비해보고자 한다.

1) 비판적 지식인의 고뇌와 좌절

작가의 자전적 요소가 강하게 반영된 「고향」은, 도쿄 유학을 마치고 귀국한 주인공이 식민지 조국의 현실을 직시하고 절망하게 되는 과정에 초점을 맞춘다. 어려서 부모를 잃고 원산·평양·서울·도쿄를 전전하며 힘겹게 학업을 마친 주인공은 귀국에 앞서 자신의 고향이 어디인가 고민한다. 그것은 고아라는 주인공의 개인적 사정에서 연유하는 것이기도 하지만, 어디에도 소속되지 못하는 식민지 지식인의 자기 정체성 확인의 간접화 방식이라 할 수 있다. 부모와 조국을 잃은 그에게 자신이 태어나 자란 곳이 특별한 의미공간으로 인식되지 않으며 따라서 그는 조선 전체를 자기의 고향으로 생각하고 "전장(戰場)에 나가는" 절박한 심정으로 귀국선에 오른다. 그가 도쿄를 떠나면서 부닥치는 사건들은 ××은행

본점에 취직된 것을 은근히 자랑하는 조선 유학생과의 불쾌한 조우라든지, 선창에서 조선인 형사에게 모멸에 가까운 푸대접과 가방뒤짐을 당하는 것들이다. 일본 유학생이 조선으로 돌아오는 귀향길에서 조국의 참상과 식민지 백성으로서의 자아를 확인한다는 서사는 염상섭의 『만세전』에서 뚜렷한 성과를 거둔 바 있다. 따라서 「고향」의 주인공이 귀국하면서 겪은 일들은 새삼스러운 감동을 주지 못하지만, 그가 "그만치 조선의 현실이 선명하게 감각"하게 되었다는 점에서 의미를 찾을 수 있다.

「고향」의 주인공 김윤건이 서울에 도착한 뒤 깨달은 것은 취직에 혈안이 된 창백한 인텔리의 초상과, 기회주의자나 모리배들이 사회의 요직을 차지한 타락한 현실이다. 주인공은 현실 상황과는 무관하게 자신의 이상만을 고집하는 외곬 성격의 소유자여서 그의 취직을 걱정하는 주변 사람들의 말조차 순수하게 받아들이지 못한다. 그는 낙후한 조국의 현실을 개선시키고자 하는 지사적 열정만이 앞설 뿐, 현실을 냉정하게 분석하고 그에 적합한 행동양식을 결정하는 냉철한 이성의 소유자가 못 된다. 주인공의 이상주의적 사고와 행동은 본질적으로 현실을 타락한 사회로 규정하고 거기에 동화될 수 없다는 순수한 정신에서 비롯된 것이다. 식민지시대 소설에서 흔히 목격되는 이러한 자의식은 지사적 의기 혹은 민족주의 정신에 그 연원을 둔다. 이를테면 그가 "사회운동 리론 가로 조선서는 제일 오랫고 제일 쟁쟁하다는 박철이라는 사람"을 찾아가 몇 마디 나누기도 전에 그의 귓쌈을 올려붙이거나 ××은행원을 맥주병으로 내리치는 일 등은 그의 불끈하는 정열과 지사적 의기가 구체적으로 드러난 사건이다. 상황이 아무리 어려워도 그에 타협하지 않으려는 고집스러운 면과 불끈하는 정열을 가진 김윤건의 성격은 이태준 소설에서 하나의 유형을 이룬다고 해도 좋을 만큼 자주 목격되는 특징이기도 하다. 모르긴 해도 그러한 면모는 이태준 본인의 성격과 행동을 고스란히 재현해놓은 것으로 보인다. 이태준 소설의 주인공은 속악한 현실과 타협하기를 거부함으로써 제도권에서 추방당하지만, 제도권 내에서 속물적 삶을 영위할 바에는 차라리 새벽 강도가 되기를 마다지 않는 문제적 개인들이다.

이태준 소설에 등장하는 비판적 지식인들은 이상과 현실의 낙차를 좁히지 못하고 좌절하는 공통점을 보여준다. 가령 「失樂園 이야기」나 「어떤 날 새벽」 등은 농촌에서 자신의 이상을 펼치려던 청년 지식인이 무엇 때문에 갈등하고 좌절하는가를 사실적으로 제시한 작품이다. 「실락원 이야기」와 「어떤 날 새벽」은 일종의 연작소설적 성격을 띤 작품이며, 『제이의 운명』 역시 같은 유형으로 볼 수 있다.

도쿄에서 돌아온 젊은 인텔리가 소박한 자신의 이상을 펼치려다가 일제의 방해공작으로 쫓겨나게 되는 사정을 다룬 「실락원 이야기」의 기본 구조는 「고향」과 유사하다. 「실락원 이야기」의 표층 구조는 일본 유학을 마치고 귀향한 젊은 인텔리가 "궁벽한 산촌이 있다면 거기 가서 원시인의 양심과 순박한 눈동자를 그대로 지니고 있는 숫된 아이들을 상대로 그들을 가리키고 나도 공부하고, 이 상업문명과 거의 몰교섭한 그 동리의 행복을 위해서 수공업(手工業)의 문화를 일으키리라"는 소박한 이상을 실천하다가 일본 관헌에 의해 쫓겨나는 서사로 되어 있다. 주인공이 하필이면 상업문명과 몰교섭한 수공업 문화를 일으키겠다고 결심한 것은 서구 근대자본주의, 말을 바꾸면 일제가 추진한 근대화에 대한 부정적 인식이 밑바탕에 깔려 있는 것으로 보인다. 그리고 그것은 우리 민족의 순박한 민족성이 일제의 속악한 자본주의 물결에 더 이상 오염되지 않기를 바라는 마음에서 연유한 것으로 이해할 수 있다. 하지만 주인공의 이와 같은 가치관·세계관이 근대자본주의의 한계를 정확히 통찰한 데서 비롯된 것이 아니라 다분히 감정적인 수준에서 돌출한 것이어서 독자의 적극적 공감을 자아내기 어렵다.

　한편 식민지제도가 한 신념을 가진 지식인의 삶을 얼마나 잔인하게 파괴시키는가를 사실적으로 묘파한 소설이 「어떤 날 새벽」이다. 이 작품은 「실락원 이야기」와 『제이의 운명』의 후일담 혹은 속편으로 보아도 무방할 만큼 내용이 앞뒤로 연결된다. 일종의 액자소설 형태를 갖춘 이 소설은 C군의 신흥학교 교원이던 윤선생이 군청의 학교 허가 철회와 해산처분 결정으로 설 곳을 잃은 채 방황하다 끝내 새벽 강도로 쇠고랑을 차는 내용을 관찰자의 시각을 빌려 냉정하게 그리고 있다. 아내의 회상에 따르면 윤선생은 지금부터 6, 7년 전 신흥학교의 교원으로 봉사하고 있었는데, 그가 이 학교에서 행한 일련의 행동은 민족의식을 간직한 젊은 교사의 상록수적 자기희생의 본보기라 해도 지나치지 않다.

윤선생은 처자가 딸린 몸인데도 신흥학교의 보수(補修)와 존립을 위해 막노동을 불사한다. 여름방학에는 수리조합 보뚝을 쌓는 일을 하여 번 돈 30원으로 교사(校舍)의 지붕을 고치고 겨울이 되어서 난로가 모자라자 역시 막노동을 하여 난로 하나를 구입한다. 윤선생의 살신성인적인 희생에도 불구하고 신흥학교의 운명은 "이미 결정된 때가 있었고 결정한 곳"의 강압에 의해 학교 인가 철회와 해산처분이 내려진다. 일제는 학교가 갖추어야 할 구비 조건의 미비를 내세워 희생적인 교사의 열성 따위는 아랑곳 않는다. 이런 비정함이 합리주의의 허울을 뒤집어쓴 근대주의의 본질임은 물론이다.

윤선생은 신흥학교 졸업생과 청년회원들을 일깨워 '신흥

학교 후원회'를 결성하는 등 마지막까지 최선을 다하지만 모두 헛수고가 되자 "술이 취해서 학교 마루창을 뚜드리며" 울고 학생들을 쫓아보낸 뒤 처자식과 함께 그 동리를 떠난다. 식민지 지식인으로서의 소임을 다하기 위해 혼신의 노력을 보여준 윤선생이 몇 년 후 새벽 강도가 되어 나타난다는 극적 구성은 일본제국주의 체제 밑에서 끝내는 범죄자가 될 수밖에 없는 민족주의자의 종말을 충격적으로 드러낸 것이다.

이태준은 세태의 흐름이나 유행에 연연하지 않으면서 자신의 문학관을 고집했으며, 일제 말기에는 자신의 신변잡기적 작품 경향을 반성하며 새로운 방향을 모색했다. 이 점을 감안할 때, 작가의 기질을 앞세워 그의 문학 일반을 패배주의적인 것으로 매도했던 기왕의 연구는 재고되어야 마땅하다. 이태준 소설의 주인공이 현실의 억압에 완강히 저항하지 못한 까닭은 그의 성격적 결함 때문이기도 하지만, 일본 군국주의의 파쇼 체제가 한창 극성을 부리던 시대적 상황을 고려한다면 주인공의 의지가 결여되었다는 식의 일방적 비난은 옳지 않다. 그는 만해나 육사처럼 직접 일제에 저항한 지사는 아니지만, 선비적 자존심을 잃지 않으려 노력한 지식인이다.

이밖에 지식인이 상황의 무게를 감내하지 못하고 좌절해가는 과정을 그린 작품으로 「순정」, 「三月」 등이 있다.

2) 부르주아적 지식인의 속물 근성

우리 민족의 삶과 정신을 가혹하게 유린하던 일제 말기에 끝까지 자신의 신념을 무너뜨리지 않았던 지식인이 이태준 소설의 주요 작중인물로 등장하였음은 앞에서 본 바와 같다. 그러나 이태준 소설에는 현실과 타협하고 개인적 영달만 추구하는 인물도 여럿 등장한다. 「고향」의 ××행원, 「순정」의 박취체역과 경옥, 그리고 「서글픈 이야기」의 강군 등이 바로 그들이다.

「서글픈 이야기」는 1인칭 목격자로서의 '나'의 시선으로 관찰된 강군의 가치관의 변화를 시니컬한 어조로 다룬 소설이다. '나'는 도쿄의 한적한 시외에서 우연히 노장(老莊)사상에 빠져 있는 친구 강군과 조우한다. 그는 "맑스를 비롯하여 현실적인 모든 인물, 운동을 조소"할 뿐 아니라 자신을 낳아 길러준 부모에게도 "흥 애비! 그것은 그대가 나를 이십년 동안 길러준 정실관계를 말함이었다. 어서 그 아둔을 버리고 좀더 무연(無然)한 대국(大局)에 나서 생각해보라. 애비는 무엇이오 아들은 무엇인가. 내 그대를 더불어 벗하여 이야기하지 못할 조건이 어디 있는가?"라며 세속의 모든 인연과 초연한 정신세계를 지향하는 인물로 그려진다. 세상사람들은 하나같이 그를 비웃지만, 화자는 그의 높은 정신적 경지와 기품 및 빼어난 기골 등을 선망한다. 그러나 도쿄에서 헤어진 뒤 4, 5년 만에 서울에서 해후한 강군은 전혀 다른 사람으로 변해 있어 화자를 경악케 한다. 그는 안경을 쓰고 금니를 했으며, 손목에는 금시계를 차는 등 예전과는 판이한 모습으로 화자를 놀라게 한다. 뿐만 아니라 그의 관심사는 "지금 같아서는 풍년인데 가을에 곡가가 어떨는지"와 같은 물질적인 것이고 손에는 "아들애에게 줄 것이라고 세발자전거를 사 들은 꼴"의 전형적인 소시민의 모습이어서 화자는 놀라다 못해 서글픈 감정을 갖는다. 화자의 놀라움은 "그를 만난 것이 차라리 그의 죽었다는 소식만 못하다"고 생각될 정도로 깊어서, 속물적 지식인에 대한 작가의 환멸이 어느 정도인가 짐작케 한다.

「서글픈 이야기」의 '목격자—화자'의 시선은 다소 주관적이다. 그러나 그의 시선과 감정은 사회의 일반적 통념과 다르다는 점에서 주관적일 뿐이지, 매사를 자기 편의대로 해석하지 않는다는 면에서는 객관적이다. 타락한 지식인인 강군의 모습이 목격자—화자에 의해 관찰되기 때문에 그의 속물성은 훨씬 현실감 있게 느껴진다. 철저한 정신적 삶을 지향하던 인물이 몇 년 사이에 물신숭배(物神崇拜)의 노예로 전락하는 과정이 1인칭 관찰자 시점에 의해 서술된 이 작품은, 식민체제에 기생하여 개인의 행복만을 최우선적으로 추구하는 지식인의 타락 과정과 속물주의적 성향을 동시에 비판한 것으로 이해할 수 있다.

이태준 소설에 등장하는 긍정적 의미의 지식인들은 이른바 비판적 지식인으로 유형화되며, 그들의 사회적 신분은 대부분 교사로 표상된다. 이태준은 어려서 고학을 하며 교육기관의 비인도적 행태와 휘문고보 시절 교주(校主)의 독선적 태도에 크게 실망한 바 있지만, 사립 봉명학교의 교사들에게서는 큰 감명을 받았던 듯하다. 그 결과 지식인, 좀더 범위를 축소하여 말하자면 교사 신분을 가진 사람은 개인적 이익보다는 민족과 국가를 먼저 생각해야 한다는 확고한 신념을 가졌던 듯하다. 한편 이태준은 체제에 아부하여 개인의 물질적 이익 추구에 혈안이 되어 있는 사이비 지식인은 철저히 부정적인 모습으로 그린다. 부정적 지식인들은 현실에 전혀 무감각한 반응을 보이면서 물신숭배의 노예로 전락하고 만다. 작가는 두 유형의 지식인을 병치 혹은 대립시켜 긍정적 지식인이 파멸하는 구도를 자주 활용한다. 작가가 바람직한 지식인상으로 형상화한 인물은 자신의 신념에 절대적 확신을 가지며 결코 현실과 타협하지 않는 성격적 특성을 공유한다. 이러한 특성은 그 인물의 개성을 강조하여 주는 것으로 이해할 수 있으나, 그가 일종의 우월의식 혹은 선민의식에 사로잡혀 있다는 비난의 근거가 되기도 한다. 실제로 이태준의 소설에 나타난 지식인은 타인의 충고를 거의 귀담아

듣지 않는 다소 오만한 면모를 보여준다. 자수성가한 지식인 특유의 오만과 자의식을 완전히 탈피하지 못한 이태준이 하층민의 궁핍한 현실에 관심을 갖기 시작한 것은 주목할 만한 사건이다.

이태준은 1930년대 중후반 사회적 문제로 대두되었던 이농과 농촌의 몰락에 각별한 관심을 보이다가, 한 매음녀의 기박한 운명을 통해 나라 잃은 민족의 비애를 고발하는 작품을 쓰기도 했다. 다음에 다룰 작품들에는 작가의 지식인적 관점이 완전히 배제되지는 않았으나, 그런대로 하층민의 비극적 삶이 객관적으로 묘사되어 있다.

지식인과 하층민의 거리

「아무 일도 없소」, 「봄」, 「꽃나무는 심어놓고」, 「촌띠기」 등은 작가의 엄정한 현실인식과 리얼리즘의 정신이 잘 어우러져 이태준 문학의 수준을 한 단계 격상시켜놓았다는 평가를 받는 작품들이다.

잡지사에 갓 취직한 청년이 잡지사의 명령에 따라 에로물을 취재하면서 휘황한 네온사인 뒤편의 어두운 현실을 발견하는 과정을 비감한 어조로 다룬 「아무 일도 없소」는 작가의 현실 인식의 수준을 잘 드러낸 작품이다. 이 작품의 주인공 K는 잡지사에 취직하면서 "나의 붓은 칼이 되자. 저들을 위해서 칼이 되자. 나는 한 잡지사의 기자가 된 것보다 한 군대의 군인으로 입영한 각오가 있어야 한다"는 포부를 갖지만 상업성을 먼저 생각하는 잡지사에서는 '신춘 에로백경'을 특집으로 다루기로 결정한다. K는 기자로서의 양심과 현실 사이에서 번민하다가 결국 병목정 거리의 유곽을 찾는다. 그는 병목정 거리에서 "무엇보다 창부들 속에 소녀가 많은 것"에 놀란다. 신출내기 기자인 K의 시선을 잡아 끈 것은 요염한 노류장화가 아니라 아직 어린 티도 벗지 못한 어린 소녀가 웃음과 몸을 파는 식민지 조선의 비극적 현실이다. K는 "창부 같지도 않은 흰 두루마기 입은 여자"를 따라 그녀의 방에 들어가 "관을 쓰고 중추막을 입고 행건을 치고 병풍을 배경으로" 한 "기골이 청수한 노인의 사진"을 보고 의아해한다. 그녀가 띄엄띄엄 K에게 털어놓은 사연은 더욱 기가 막힌 것이다. 그녀는 3·1운동 뒤 해외에 나간 아버지 대신 집안 경제를 책임지기 위해 공장에 다니다가 성병을 얻고 설상가상으로 매음녀란 죄목으로 유치장에 갇힌다. 일주일 만에 돌아와 보니 모친은 식음을 전폐하고 누워 있어 할 수 없이 매춘을 했는데, 그 사실을 안 어머니가 자살을 했다는 것이다. 모친의 시신을 옆에 둔 채 또다시 남자를 끌어들일 수밖에 없었던 여인의 비극적 상황은 그녀 개인의 불행에 그치는 게 아니라 우리 민족 전체의 불행과 비극을 상징한다. 그녀가 공장노동자로 나섰다가 성병에 걸려 마침내 거리의 여자로 전락하게 된 원인은 아버지의 부재이지만, 그 배경에는 국권의 상실이 자리하고 있기 때문이다.

이 작품은 표제부터 말의 아이러니를 함유하고 있고 전체적으로는 상황의 아이러니를 다룬다. 상황의 아이러니는 스스로 아이로니컬하게 발전된 사람에게서만 나타난다. 다시 말해 아이로니컬한 관찰자 혹은 아이러니스트에 의해 어떤 일의 상태나 사건이 아이로니컬하게 보여지는 것이다. 이런 관점에서 이 작품의 서술자는 아이러니스트의 입장에 서 있다고 할 수 있다. 현실과 외양이 극도로 대조되는 불합리한 상황을 검열의 감시망에 포착되지 않고 정확히 전달하기 위해서는 고도의 전략이 필요하다. 작가는 그러한 전략의 한 방법으로 아이로니컬한 서술자를 내세웠던 것이다.

「꽃나무는 심어놓고」는 1930년대 이후 이농민이 급증하게 된 원인과 도시로 유입된 이농민들의 참상을 사실적으로 그린 작품이다. 이 소설의 주인공 방서방은 "술 한잔 허투루 먹는 법 없고 담배도 일하는 날이나 일군들을 주려고만 살 줄" 알던 근실한 농군으로 묘사된다. 그런 그가 고향을 떠나 서울로 오게 된 것은 지주가 바뀌었기 때문이다.

1932년의 조선총독부 농림국 통계자료에 따르면 자소작농(自小作農)이 25.4퍼센트, 소작농이 52.7퍼센트를 차지할 만큼 소작농의 비율이 현저히 증가한다. 이것은 일제의 토지조사사업이 진행되던 1916년의 수치와 비교할 때 자소작농의 비율은 15.2퍼센트가 감소한 반면 소작농은 15.9퍼센트가 증가한 수치여서, 일제의 토지조사사업을 계기로 자작농과 자소작농이 몰락하여 소작농화하거나 유리민으로 고향을 등지게 되었음을 암시하는 것이다.[12] 농민 몰락의 구체적 과정은 자작농 및 자소작농의 완전한 소작농화, 소작농의 세궁민화(細窮民化), 세궁민의 유리민(遊離民) 및 걸인화(乞人化)로 진행된다. 누대에 걸쳐 생계의 터전이 되었던 땅을 잃은 농민들은 도시로 유입되거나 만주·일본 등지의 노동시장으로 흘러들었는데, 도시로 이전한 유리민의 생활이란 한 평 남짓한 토막(土幕) 속에서 평균 5인 이상의 가족이 겨우 목숨만 부지하는 인간 이하의 처참한 삶이다. 1931년 당시만 하더라도 서울에는 1,500여 호에 약 5,000명의 토막민이 거주했다는 기록이고 보면 당시의 상황이 얼마나 참혹했던가를 짐작할 수 있을 터이다. 「꽃나무는 심어놓고」는 바로 이러한 유리민의 몰락과 일제의 미봉적 농민정책을 다룬 작품이라는 점에서 의미를 갖는다.

　빚 때문에 고향을 떠난 주인공이 병으로 아내를 잃고 자신과 어린 딸은 고된 노동에 시달리는 상황을 화창한 봄의 정경과 대비시키고 있는 「봄」, 몇 대째 화전으로 생계를 유지하던 장군이가 삶의 터전이었던 산이 삼정회사(三井會社) 소유로 넘어가 숯 굽는 일이나 화전을 못하게 되자 "살림을 떠엎고" 대처로 나가는 과정을 희화적으로 그린 「촌띄기」 등도 「꽃나무는 심어놓고」와 같은 계열로 분류할 수 있는 작품들이다. 그러나 전자는 작중인물이 자신의 울분을 애꿎은 병(瓶)에 화풀이함으로써 주제의 약화를 자초했고, 후자의 경우 고향을 떠나는 부부의 이별 과정이 지루하게 서술되면서 서사의 긴장감이 떨어지는 문제점을 드러낸다. 그런데도 「봄」에 서술된 도시노동자의 열악한 근로조건과 자본가의 가혹한 노동력 착취는 당시의 비인간적인 노동현장의 실상을 사실적으로 재현했다는 점에서 그 의의를 찾을 수 있다. 위 세 편에 대해 유종호는 "동반자적 경향"의 작품으로 이해하면서 "이태준이 동반자 작가로서 훨씬 단단한 성취에 이르고 있다"[13]는 이례적인 해석을 한다.

위 작품들은 전지적 작가시점으로 하층민의 피폐한 삶을 사실적으로 묘파한다는 공통점을 갖는다. 이들 작품에서 주목되는 것은 작가가 아이러니의 기법을 적절히 활용하고 있다는 점이다. 아이러니 기법의 목적은 균형잡힌 넓은 시야를 성취하는 것, 인생의 복잡성과 가치의 상대성에 대한 인식을 표현하는 것, 직설법으로서 가능한 것보다도 더욱 광범위하고 풍부한 의미를 획득하는 것으로 정의된다. 이태준은 식민지 지식인으로서 일제의 식민정책의 부당함과 허구성을 적확하게 간파하고 있었던 것으로 보인다. 지식인으로서의 작가에게는 "자기 상황 속에서 절대화되고 있는 세계에 도전"할 임무와 "역사와 상황 속에 숨어 있는 부조리를 드러내"[14]야 할 책임이 따른다. 만약 그렇지 못하면 그는 일개 지식기사에 불과하거나 혹은 사제적 기능의 지식인으로 전락하고 말 것이기 때문이다. 상허는 일본제국주의의 절대화된 세계에 저항하는 방법으로 아이러니 기법을 차용한다. "대립적인 것을 조정할 가능성을 보지 못하는 자가 선택할 수 있는 유일한 길이 아이러니"라는 사실에 주목하면 상허가 이 작품들을 통해 전하려는 메시지가 무엇인가는 자명해진다. 이들 작품을 통해 우리는 이태준이 당대 현실상황을 비판적으로 바라보는 시각을 가지고 있었을 뿐만 아니라 식민지 현실의 근본적 문제가 무엇인지를 정확히 이해하고 있었음을 알게 된다.

기성세대와 젊은 지식인의 거리

이태준이 등장인물의 성격화에 기울인 관심과 정열은 잘 알려진 바와 같다. 그가 각별한 애정을 가지고 관찰하여 선명한 인간상으로 부각시킨 인물은 대체로 사회에서 소외당한 계층이다. 그 가운데 노인을 주요 작중인물로 등장시켜 그들의 사회적 역할과 의미를 새롭게 살핀「돌다리」,「영월영감」,「불우선생」,「복덕방」 등은 작가의 상고주의의 실체를 이해하는 데 많은 도움을 준다. 특히「영월영감」과「돌다리」는 노인의 적극적이며 미래지향적인 의지가 돋보이며 현실적 이익에만 골몰해 있는 젊은이의 자기반성을 촉구하고 있어 주목에 값한다.

그러나 이태준 소설에 등장하는 노인이 항상 진취적이고 미래지향적 사고를 가진 긍정적인 인물로 묘사되는 것은 아니다. 오히려 그런 긍정적 인간상의 표상으로서 노인은 앞의 두 작품에 국한되고, 대부분 현실사회에서 소외되어 궁상맞게 살아가는 초라한 모습으로 그려질 때 그들은 더욱 선명한 캐릭터로 생명을 얻는다. 많은 논자들이 이태준의 대표작으로 드는「복덕방」이 그 대표적 예에 해당하거니와,「아담의 후예」,「불우선생」의 노인들도 이 범주에서 크게 벗어나지 않는다. 여기서는 노인을 기성세대로 간주하여 청년 지식인과의 차이를 규명해보고자 한다. 다소 도식적이긴 하지만, 노인세대의 성격은 진취적인 노인상과 퇴락한 노인상으로 나눈다.

1) 진취적 기상의 노인

「영월영감」은 시대의 뒷자리로 물러난 퇴물로 취급되던

노인에게 적극적이고 미래지향적인 성격을 부여하여 거꾸로 청년층의 현실적인 태도를 질타하는 내용을 다룬 작품이다. 젊은 시절 영월 군수를 지내 영월영감으로 불리는 주인공은 "키가 훤칠하고 이글이글 타는 눈방울이 늘 술취한 사람처럼 화기띤 얼굴에서 번뜩일 뿐 아니라 음성이 행길에서 듣더라도 찌렁찌렁 울리는 데가 있는" 호걸형 사내로 묘사된다. 그는 "세도가 정상시가 아닌 때에 득세(得勢)를 하는 것은 소인잡배의 무리"라는 신념으로 은거해 지내다 기미년 만세운동으로 4, 5년 옥사를 치른 후 또다시 종적을 감춘다. 15년여 만에 조카 성익을 찾아온 그는 천 원이란 거금을 융통해줄 것을 부탁한다. 성익이 골동품 몇 점을 처분해 칠백 원을 마련해주자 그는 은근히 성익의 처사취미를 나무란다. "자연으루 돌아와야 할 건 서양사람들이지. 우린 반대야. 문명으루, 도회지루, 역사가 만들어지는 데루 자꾸 나가야 돼……"라는 그의 꾸지람은 조국의 미래를 책임져야 할 젊은이들이 지나치게 시세(時勢)를 좇아 현실에 안주하는 경향과 처사취미에 빠져 현실과 등지고 사는 무기력한 태도에 대한 통렬한 비판이라 할 수 있다.

영월영감이 입원했다는 소식에 놀라 찾아간 성익에게 그는 이제까지 금광개발에 투자해왔던 사실을 알린다. 총독 우가키(宇垣)가 독려한 산금장려정책(産金獎勵政策)은 일제의 만주사변 돌발로 야기된 자국내의 경제적 난국을 타개하기 위한 정책적 전략의 일환이었다.[15] 어떤 면에서 금광을 찾아 15년여를 돌아다닌 영월영감은 일확천금의 망상에 사로잡힌 허황된 인물로 보일 수도 있다. 그러나 그는 나름대로 철저한 계획을 세워 금광개발에 참여하고 있어 횡재수를 노리다가 패가망신하는 투기꾼과는 명백히 구별된다.

　"그런데 아저씨께서 금광을 허시리라군 의웁니다."
　"어째?"
　"막연히 그런 생각이 듭니다."
　"막연이겠지…… 힘없이 무슨 일을 허나? 홍경래두 돈을 만들어 뿌리지 않았어? 금같은 힘이 어딨나? 금캐기야 조선 같이 좋은 데가 어딨나? 누구나 발견 할 권리가 있어, 누구나 출원하면 캐게 해, 국고보조까지 있어, 남 다 허는 걸 왜 구경만 허구 앉었어?"
　"이제와 아저씬 금력을 믿으십니까?"
　"이제 와서가 아니라 벌서 여러해 전부터다. 금력은 어디 물력뿐이냐? 정신력도 금력이 필요한거다."
　•「영월영감」

한때 영월 군수를 지내고 기미년 일로 옥고까지 치른 영월영감이 일제의 책략으로 시작된 금광사업에 몰두한다는 것은 쉽게 이해되지 않는 행동이다. 하지만 영월영감의 금광론은 확고한 자기인식과 철저한 계획에 바탕을 두고 있다. 더구나 그가 홍경래의 전례를 인용하는 데서 원대한 계획이 숨겨져 있음을 짐작할 수 있다. 그는 근대국가를 유지하거나 체제를 전복시키는 힘이 전적으로 거대한 자본에서 비롯된다는 사실을 이해하고, 그 자본을 마련하기 위해 금광사업에 투신했던 것이다. 그가 허황된 투기꾼이 아닌 이유는 그의 치밀한 계획성과 확고한 신념에 근거한다.

"나두 벌서 십여차 실패다. 그러나 똑같은 실팬 한번도 안했다. 똑같은 실팰 다시허기 시작허문야 건 무한한거다. 그러나 금을 캐는데 있을 실패가 그렇게 무한한 수로 있을 건 아니지. 실패를 잘만해서 실패된 원인만 밝혀나간다면야 실패가 많아질수록 성공에 가까워가는게 아니냐? 난 그걸 믿는다."
  • 「영월영감」

영월영감은 단순한 책상물림이 아니라 적극적이고 계획적인 실천주의자이다. 우리 현대문학에서 이와 같은 적극성과 신념을 가지고 원대한 사업을 구상하고 실천하는 인물은 극히 예외적인 사례에 속한다. 이태준은 일제의 금광장려정책의 허구성을 냉정하게 간파하고 있으면서도 금광사업을 통해 민족자본의 형성이 가능할 수도 있다는 사실마저 꿰뚫고 있었던 것으로 이해된다. 그러나 영월영감의 실패가 보여주는 것처럼, 기초자본과 기술이 부족한 상황에서의 금광사업은 처음부터 실패할 수밖에 없는 한계가 있다. 그럼에도 이 소설에서 보여준 영월영감의 진취적 기상과 꾸준한 노력은 매우 소중한 문학적 자산이 아닐 수 없다.

「돌다리」의 화자 창섭은 어려서 의사의 오진으로 허무하게 숨진 누이를 위해 의학을 배운다. 그리하여 그는 "오늘에 이르러는, 맹장수술로는 서울서도 정평이 있는 한 권위"를 인정받을 만큼 성공한다. 근대과학 교육을 받은 그는 고향땅을 처분하고 부모를 서울에서 모시리라 결심하지만 완강한 부친의 반대에 부닥친다. 그의 부친은 근검(勤儉)으로 평생을 살아왔으나 자기 대에 와서는 밭 하루갈이도 늘리지는 못한 것으로 유명하다. 그것은 조상으로부터 먹고 살 만한 정도로 토지를 물려받았는데 더 이상 탐욕을 부려서는 안 된다는 생활철학 때문이다. 이런 창섭 부친이 아들의 토지 매각을 반대하는 것은 당연한 일이다.

"땅이란걸 어떻게 일시이해를 따져 사구 팔구 허느냐?

땅 없어봐라 집이 어딧으며 나라가 어딧는 줄 아니? 땅이
란 천지만물의 근거야. 돈 있다구 땅이 뭔지두 모르구 욕
심만 내 문서쪽으로 사 모기만하는 사람들, 돈놀이처럼 변
리만 생각허구 제 조상들과 그 땅과 어떤 인연이란 건 도
시 생각지 않구 헌신짝 버리 듯하는 사람들, 다 내 눈엔 괴
이한 사람들루 밖엔 뵈지 않드라."

　• 「돌다리」

　땅이 국가 형성의 근본 조건이라는 창섭 부친의 말은 매우
소박한 토지관이지만, 국가와 국권을 빼앗긴 식민지 상황을
고려한다면 가장 절실한 체험에서 우러나온 생각이라 볼 수
있다. 시시각각 급변하는 현실에서 묵묵히 땅만 바라보고 살
아가는 창섭 부친은 전근대주의자임에 틀림없다. 반면 정당
한 투자로 보다 많은 이윤을 추구하려는 창섭은 경제적 효용
성을 우선적 가치로 여기는 근대 지식인이다. 이런 맥락에서
보면 땅을 사이에 둔 두 부자(父子)의 의견 대립은 근대와
반근대(전근대)의 대립과 갈등으로 이해할 수도 있다. 표면
적으로는 아버지/아들, 전근대/근대의 대립구도를 형성하고
있으나 내면적으로는 도저한 근대주의의 물결 속에서 전통
의 중요성을 강조하려는 작가의 의도가 숨겨져 있다. 작가가
이 작품을 통해 말하고자 하는 것은 무분별하고 획일적인 근

대화를 반성하고 전통 사상과 문화의 의미를 적극적으로 재해석하자는 상고주의의 실천이다. 이 점은 창섭 부친이 노인 특유의 아집으로 자식의 정당한 의사를 무시하지 않고 우리 모두가 지켜야 할 가치를 내세워 설득하는 모습을 통해 현실 감을 획득한다. 노인이 나이와 경륜만 앞세우고 젊은이 또한 합리성만 고집한다면 세대간의 간극은 더욱 깊어질 게 분명 하다. 그러나 창섭 부친은 "네가 가업(家業)을 이어나가지 않는다는 걸 탄허지 않겠다. 넌 너루서 발전헐 길을 열었구, 그게 또 모리지배(謀利之輩)의 악업이 아니라 활인(活人)허 는 인술이구나! 내가 어떻게 불평을 말하니?"라며 아들의 세계를 충분히 이해하는 모습을 보이며, 창섭 역시 "아버지가 어떤 어룬이신 건 오늘 제가 더 잘 알았읍니다. 우리아버진 훌륭한 인물이십니다"라며 부친에게 굳은 신뢰와 존경을 보임으로써 이들 부자는 신구세대간의 갈등을 해소한다.

근대주의와 상고주의는 서로 판이한 가치와 성향을 추구하는 이념이어서 상호조화를 이룰 방법론을 모색하기란 여간 어려운 일이 아니다. 그러나 이 두 이념이 상호이해와 신뢰를 바탕으로 이제까지와는 전혀 다른 방법론을 고민하는 것이 전혀 불가능한 일도 아니다. 중요한 것은 상대의 장점을 존중하고 자신의 약점을 겸허하게 인정할 줄 아는 성숙한 사고와 전통과 근대의 조화를 통해 새로운 것을 창출하려는 상상력이다. 「돌다리」의 창섭 부자가 보여준 상호신뢰와 존중, 「영월영감」이 추구하는 상고주의의 실천 등은 식민지 근대화 속에서 우리가 지향해야 할 방향이 무엇이었는가를 진지하게 성찰하게 한다. 그러나 이런 진취적이고 개방적인 사고를 지닌 노인의 모습은 더 이상 나타나지 않는다.

2) 현실에 소외된 퇴영적 노인상

「불우선생」은 김동리의 「화랑의 후예」에 큰 영향을 준 작품으로 알려져 있다. 이 작품의 주인공은 구한말의 풍운 속에서도 꺾이지 않고 지조를 지키는 선비요 지사였으나 재산을 탕진한 뒤 동가식서가숙하며 지내는 기인으로 묘사된다. 이러한 지적은 전적으로 불우선생의 비일상적인 언행에 기반한 것인데, 작가는 이 노인이 기인으로 취급되는 현실을 오히려 비정상적인 사회로 보고 있는 듯하다. 다시 말해 선비적 지조와 기개를 지닌 노인이 한낱 어릿광대로 취급된 물질만능적 시대상황에 대한 야유가 이 작품의 주제의식을 형성하는 것이다. 이런 관점에 서면 화자가 시종일관 불우선생에게 따뜻한 동정의 시선을 보내는 태도를 이해할 수 있게 된다.

불우선생은 일신(一身)의 신고(辛苦) 따위는 전혀 돌보지 않으면서 "조선의 최근 정변이며 현대사상문제의 여러가지와 일본엔 백년지계를 가진 정치가가 없느니 중국에 손일선(孫逸仙, 손문. '일선'은 손문의 자임—인용자)이가 어떠했느니"하며 시대상황의 변화에 민감하게 반응한다. 전차 사고로 간신히 목숨만 건진 그가 화자를 만나 점심 대접을 받는 자리에서도 "요즘 일중문제가 꽤 주의를 끌지오?"라며 정치적 문제를 화제로 꺼내는 장면은 희극적이기조차 하다. 이러한 불우노인의 추레한 초상은 몰락한 영월영감의 모습을 연상시켜 씁쓸한 뒷맛을 남긴다.

「아담의 후예」는 시대의 변천에 적응하지 못하고 밀려난 채 의지할 가족조차 없이 소외된 한 노인의 신산스런 삶을 다루고 있다. 이 작품이 우리의 주목을 끄는 것은 "자선가로 유명한 B 서양부인"의 위선을 고발하고 있다는 점과 관련된다. 이 작품의 주인공 안영감은 외동딸을 만나기 위해 청진으로 가려다 원산에 머문 채 부둣가에서 구걸로 연명하는 초라한 노인이다. 하지만 그도 왕년에는 "그리 적빈하지는 않어 글자도 배워서 이름자는 적는 터이며 의식도 삼베중이에 조밥이나마 굶고 헐벗지는 않고" 살았던 행복한 과거를 가지고 있다. 안영감이 살고 있는 사회가 타락하고 위선으로 미만해 있음은 장차 양로원을 경영하려는 목적으로 의지할 데 없는 노인을 보살피고 있는 서양인 B부인을 통해 고발된다. 그녀는 안영감을 자기 과수원 옆의 단칸 함석집에 데려가는 데, 그곳의 규칙은 안영감을 정신적·육체적으로 구속하는 족쇄이다.

　　몇 시에 자고 몇 시에 일어날 것, 방과 뜰을 차례로 소제할 것, 이를 닦을 것, 옷에 이를 잡을 것, B부인을 따라 예배당에 갔다 오는 외에는 일체 외출을 못할 것, 담배와 술을 먹지 못할 것, 동료간에 서로 동정하고 더욱 눈먼 사람은 도와만 줄 것, 틈틈이 성경책을 볼 것 등 정신이 얼떨떨하리만치 기억해야 될 일이 많았다.
　　•「아담의 후예」

　양로원의 생활수칙은 매우 위생적이고 합리적이다. 규칙적인 생활과 위생관리 및 신앙을 권장하는 위 수칙은 근대 시민들에겐 친숙하고 일상적인 것이다. 그러나 문제는 이런 규칙이 누구를 위한 것인가와 관련된다. 다시 말해 이 규칙은 B 서양부인에겐 전혀 불편함이 없는 일상적 삶의 연장일 수 있으나 양로원 노인에게는 여간 불편하고 괴로운 억압이 아닐 수 없다. B부인은 노인들에게 간단한 의식주를 제공하는 명분으로 그들의 정신과 육체를 구속하고 있다는 점에서 제국주의의 속성을 상징하는 존재로 이해된다. 이런 맥락에서 안영감이 수용소를 탈출하며 사과를 따먹는 행위는 매우 함축적인 의미를 갖는다. 제목이 암시하듯이 그의 행동은 아담의 그것으로 환치시킬 수 있는 것이지만, 안영감은 낙원에서 강제로 추방당한 게 아니라 스스로 벗어난 것이라는 점에 주목해야 한다. 결국 '낙원'은 B부인으로 언표화되는 제국주의자들이 주장하는 공소한 관념이나 허상에 불과할 뿐 우리 민족에겐 하루빨리 벗어나야 할 뇌옥에 지나지 않는 것이다.

노인들이 인생의 황혼기를 맞아 영락한 모습으로 복덕방에 말년을 의탁한 채 몰락해가는 과정을 그린 「복덕방」에는 서로 다른 세계를 살아온 세 노인의 굴절된 삶이 생생하게 묘사되어 있다. 이 작품은 외견상 안초시의 몰락에 초점이 맞추어져 있는 듯하나 그를 둘러싼 서참위·박희완·안경화(안초시의 딸—인용자) 등 네 사람의 주변 상황을 함께 다루고 있어 1930년대 후반 서울의 변두리 풍경을 이해하는 데 많은 참고가 된다. 세 명의 노인과 그와 가치관이 다른 신여성이 등장하면서 한말 이후의 세태 및 가치관의 변화가 이 작품처럼 생생하게 그려진 예도 흔하지 않으리라 생각된다.

이 소설의 주인공 안초시는 예전에 드팀전에도 손을 대고 마지막에는 집까지 잡혀서 장전을 내었다가 화재로 패가(敗家)한 후 딸에게 얹혀사는 상인 출신이다. 그는 서참위가 운영하는 복덕방에 나가 화투패나 떼며 소일하면서 "어떻게해서나 더 늙기 전에 적게 돈만원이라도 붙들어 가지고 내손으로 다시 한번 이 세상과 교섭"해 보겠노라는 야심을 버리지 않는다. 그는 돈이면 뭐든지 다 된다고 생각하는 배금주의에 깊이 감염된 인물이다. 그의 모든 감각이 돈과 관련된 곳으로 열려 있고 심심풀이로 위장된 화투패의 결과에도 민감한 반응을 보이는 것도 그의 물신적 사고를 잘 알려주는 삽화들이다. 이런 점에서 안초시는 당시의 몰락한 상인 계층의 의식을 대표하는 전형적 인물로 볼 수 있다.

그에 반해 서참위는 일제의 강제병탄 이후 가옥 중개업을 하여 치부한 몰락한 관리 출신이다. 그 역시 현실적인 가치관에 물들고 물신적 사고를 신봉한다는 점에서는 안초시와 크게 구별되지 않는다. 가령 그가 옛날의 동료였던 김참위가 유리병과 간장통을 사러 다니는 광경을 목도한 후 느끼는 감회는 그의 배금사상을 단적으로 드러내준다. 안초시가 과거의 풍족했던 시절에 미련을 두고 어떻게든 한밑천 장만하려 애쓰는 반면, 서참위는 현재의 삶에 만족하는 대조적인 모습을 보인다. 그러나 이 두 노인은 물신숭배 사상에 젖어 있고 개인의 안위만을 생각한다는 공통점을 지닌다.

안경화라는 신여성 역시 그녀의 부친 못지않게 계산이 빠르며 개인주의 사상에 깊이 물든 여인이다. 그녀는 과거의 전통적인 부녀관계 같은 것은 전혀 의식하지 않으며 금전 문제에 있어서도 부친보다 자신의 남자에게 모든 일을 일임하는 등 지극히 타산적이고 이기적인 신식여성의 부정적 사고를 보여주는 단적인 사례이다.

자나깨나 한밑천 잡을 궁리만 하던 안초시는 박희완 영감에게서 귀가 번쩍 뜨일 정보를 입수한다. "관변에 있는 모 유력자를 통해 비밀리에 나온 말인데 황해연안(黃海沿岸)에 제이의 나진(羅津)이 생긴다는 말"에 안초시는 딸을 통해 돈을 변통하려 한다. 그러나 안경화는 이 일의 투자 가치를 꼼꼼하게 따진 뒤 자신의 정부(情夫)를 끌어들이고 아버지를 배제시킨다. 하지만 삼천 원이란 거금을 투자한 결과는 "관변의 모씨"에게 모두가 농락당한 것으로 종결됨으로써 안초시는 죽음을 맞는다.

이태준은 흔히 사라져가는 것들, 특히 전통적인 것이나 노인층에 따뜻한 동정의 시선을 보낸 작가로 평가되지만, 「복덕방」의 경우 노인들의 행동을 긍정적으로 바라볼 수만은 없다. 이태준이 동정의 눈길로 응시했던 노인은 의기와 지혜를 잃지 않은 이들이었지 이들처럼 금전의 노예가 된 인물은 아니었을 터이다.

지식인과 소외된 계층과의 거리

최재서가 지적한 대로 이태준은 사회의 그늘에 가려져 소외당한 인물들에 각별한 애정을 가지고 관찰하여 선명한 인

간상으로 형상화하는 데 큰 장기를 보인다. "落魄한 儒者·
陋巷에 沈淪하는 退妓·不遇한 小學校員이나 或은 流浪하는
農民·어리석은 新聞配達夫·生에 希望을 잃은 老人"이 상허
의 관심을 끈 계층으로, 이 가운데 「달밤」의 황수건과 「손거
부」의 작중 인물은 그들의 천성이 어리석고 순진하여 반어적
인물(ironic character), 즉 바보의 특성을 여실히 보여주고
있다.

　「달밤」은 황수건이란 어리숙한 사내의 언행이 화자의 동
정어린 시선에 포착되어 그려진 작품이다. 화자는 서울 변두
리인 성북동에 이사 온 후 주변 환경에 의해서라기보다 황수
건이란 못난 사내를 만나면서 시골의 정취를 절감하고 그에
대하여 흥미를 갖게 된다.

　한때 삼산학교 급사였던 황수건은 지능이 모자라 학교에
서 쫓겨난 후 신문 보조 배달원으로 일하고 있다. 대부분의
바보인물이 그러하듯 황수건의 성격이나 외양 또한 희화적
으로 묘사된다. 우선 그는 머리가 남들보다 훨씬 큰 짱구인
데다가 주책없이 아무에게나 말 걸기를 좋아하여 스스로 곤
궁에 빠진다. 화자가 동네사람들에게 전해 듣고 옮기는 일화
는 두 가지이다. 그 하나는 도학무국에서 시학관이 나왔을
때 그를 상대로 예의 만담을 즐긴 것이다. 일본인 시학관을
앞에 앉혀놓고 "센세이 히, 오하요 고사이마스까…… 히히

아메가 후리마쓰 유끼가 후리마쓰까" 하며 어법에 맞지도 않는 일본말을 지껄이는 광경은 단순한 희극의 차원을 넘어선 것이다. 황수건은 일본인 시학관을 전혀 두려워하지 않을뿐더러 그를 뒤죽박죽인 자신의 일본말 연습 상대로 격하시킨다. 일본 시학관을 상대로 일개 급사가 엉터리 일본어로 능치고 있는 것은 시학관, 더 나아가 일본의 교육제도나 통치제도 전반에 대한 은근한 모멸이며 야유라 볼 수 있다.

그러나 황수건이 삼산학교에서 쫓겨난 가장 커다란 이유는 일본인 시학관을 희롱한 죄 때문이 아니라 엉뚱하게도 수업종을 함부로 쳤기 때문이었다. "너의 색씨 달아난다"란 말을 가장 무서워하는 그에게 한 선생이 "요즘 같은 따뜻한 봄날엔 옛날부터 색씨들이 달아나기를 좋아하는데 어제도 저 아랫말에서 둘이나 달아났다니까 오늘은 이 동리에서 꼭 달아날 색씨가 있을걸……"하며 겁을 주자 "어서 바삐 하학을 시키고 집으로 갈랴고 오십분만에 치는 종을 이십분만에, 삼십분만에 함부로" 쳐 수업을 엉망으로 만들었던 것이다.

「손거부」도 「달밤」과 같은 계열에 속하는 작품이다. "손서방도 성북동에서는 꽤 인끼있는 사람이다"로 시작되는 서두에서 동일 보조사('도')의 쓰임에 유의하면, 이 작품이 「달밤」을 의식하고 쓰여진 것이라는 사실을 손쉽게 짐작할 수 있다. 성북동의 명물 손서방은 어리숙한 사람이 항용 그렇듯 자질구레한 마을 일에 누구보다 신명이 나서 바쁘게 뛰어다니지만 실속을 별로 못 챙기는 인물로 그려진다. 그러면서도 그는 "한번도 술은 취해서 다니는 것을 보지 못하였고 또 아무리 입에 거품을 물고 여러 사람과 떠들다가도 안면이 잇는 듯한 사람만 지나가면 으레 휙 돌아서 깍듯이 인사를 하는" 선량한 성품을 가진 인물로 묘사된다. 즉 손서방은 지적인 면에서는 남에게 뒤지나 순박한 천성과 예의바른 행동으로 주위로부터 큰 미움은 사지 않는다. 「달밤」의 황수건이 주변 인물들에게 밉상으로 여겨졌던 것과 대조를 보이는 점도 바로 이런 특성 때문이다.

손서방은 화자의 권유에 따라 큰아들을 학교에 보내지만 워낙 아이가 저능아라 수업을 따라가지 못해 중도에 그만두게 된다. 그럼에도 그는 전혀 엉뚱한 핑계로 화자에게 사정 설명을 하고 있다.

"뭐 대학교까지나 식혀야지 그렇지 않군 무슨 회사나 상점 고씨까이밖에 못된대니 그걸 누가 식힙니까. 막벌이 해먹는 게 마음 편협죠. 안 그렇습니까? 그래 학교서두 자꾸 데릴러 오구 저두 그냥 댕기겠단 걸 애저녁에 고만두라구 말렸습니다."
　•「손거부」

아들이 못난이라는 사실을 밝히기 꺼려하는 아비의 애틋한 심정이 잘 드러난 위 인용문에는 일제 교육정책의 허구성에 대한 비판이 교묘히 숨겨져 있다. 대학을 나오고도 실업자·룸펜 신세를 벗어나지 못하여 결국 아들을 인쇄소 직공으로 보내는 아이러니한 상황은 이미 채만식에 의해 가차없이 폭로되었거니와, 손서방의 어눌한 말 속에도 그와 유사한 비판이 내재되어 있다. 저능아여서 학교를 다니지 못해 막노동을 하는 일이나 최고학부를 졸업하고도 룸펜으로 지내야 하는 형편이나 다를 게 무어냐는 인식이야말로 일제의 교육정책에 대한 신랄한 야유이며 풍자에 다름 아닌 것이다.

고대 서사물에서 희극의 주인공으로만 인식되었던 바보인물은 근대소설에 오면서 비극적 인물로 새롭게 탈바꿈한다. 그들은 이제 독자들에게 값싼 웃음이나 제공하는 어릿광대의 펑퍼짐한 옷과 야한 분칠을 지우고 진지한 모습으로 세계와 대항하여 싸운다. 워낙 그들의 역량이 부족한 까닭에 세계와의 투쟁에서 늘 패배할 수밖에 없는 운명에 처해 있지만 그들은 혼탁한 세상에 영합하려는 잔꾀는 부리지 않으며, 거꾸로 현실의 변화에 적극적으로 대처하는 똑똑한 속물들의 위선을 통렬히 야유하는 데서 바보인물의 현대적 의의가 있는 것이다. 「달밤」과 「손거부」의 등장인물은 그 성격적 특성상 '숙맥(菽麥)형'이나 '엉터리형'에 속하는 인물이다.[16] 문학 속의 바보는 직접적인 의미가 아닌 은유적 의미의 존재로서 가치를 지닌다. 그들의 외양과 언행은 직접적이고 무(無)매개적인 방식으로 이해될 수 없으며 반드시 은유적으로 파악되어야만 한다. 또한 그들의 현존은 다른 어떤 것의 존재 양식을 간접적으로 반영하고 있기 때문에 바보가 주동인물로 등장하는 작품을 독해할 때 우리는 행간 사이에 숨어 있는 작가의 의도를 세심히 살펴야 할 필요가 있다. 상허가 유달리 사회에서 소외당한 인물에 관심을 집중하고 또한 바보 인물에까지 관심의 영역을 확장한 것도 그들이 강압적인 사회제도의 희생물이라는 판단에서 기인한 것으로 보인다.

지식인의 자기반성

이태준은 제 말대로 "신변잡기적 작품"을 여럿 발표했다. 따라서 그의 소설에는 자전적 요소가 상당 부분 투영되었다고 보아도 무방하다. 그 가운데 특히 「장마」와 「토끼 이야기」 등의 작품은 1930년대 말 작가의 현실인식이 진솔하게 표현된 작품으로 주목된다.

「장마」는 작가 자신임이 분명해보이는 화자의 별로 특별할 것 없는 하루의 일상과 자신의 삶에 대한 반성을 사실적으로 그린 소설로 '산책자'(Flâneur) 모티프가 반영된 '심경소설'의 한 유형으로 분류된다. 한나 아렌트는 벤야민의 생애를 기술한 『일루미네이션』 서문에서 산책자의 의미를 "군중들 속에서 아무런 목적 없이 느릿느릿 거니는 사람"으로 정의하고 있는데, 그들은 도시의 공포와 충격을 피해 한가로이 자신의 내면적인 환상에 젖거나 과거의 숨겨진 메시지를 읽으며 자신을 반성하게 된다. 박태원의 「소설가 구보씨의 일일」은 이러한 산책자 모티프를 차용한 대표적 작품의 범례가 되거니와, 「장마」와 「패강냉」의 화자는 뚜렷한 목적의식 없이 경성과 평양 시내를 거닐며 주위환경과 주변인물들에 대한 매우 날카로운 촌평을 늘어놓는다. 그 가운데 이태준 연구가들에게 자주 인용되는 다음의 대목은 대단히 인상적이다.

안국동(安國洞)에서 전차로 갈아탔다. 안국정(安國町)이지만 아직 안국동이래야 말이 되는 것같다. 이 동(洞)이나 이(里)를 깡그리 정화(町化)시킨데 대해서는 적지 않은 불평을 품는다. 그렇게 삐지니쓰의 능률만 본위로 문화를 통제하는 것은 그릇된 나치스의 수입이다. (……) 이리다가는 몇 해 후에는 이가니 김가니 박가니 정가니 무슨 가니가 모다 어수선스럽다고 사람의 성명까지도 무슨 방법으로던지 통제할는지도 모른다.

　•「장마」

이 대목에서 화자가 일제의 창씨개명 음모를 사전에 예견했다는 사실도 중요하지만, 그보다는 일제의 식민정책에 "적지 않은 불평을 품"고 "삐지니쓰의 능률만 본위로 문화를 통제하는 것은 그릇된 나치스의 수입"이라고 직접 비판하고 있는 점에 주목할 필요가 있다. 그것은 전차를 타고 지나가며 문득 떠오른 생각에 불과한 것일 수도 있지만, 그가 평소에 세계로부터 자신을 격리시키는 태도에 익숙해 있었다면 그런 생각조차 떠올리기 쉽지 않았을 것이다. 따라서 그는 식민지 현실을 타락한 세계로 규정하고 비판적 거리를 유지하고 있지만 완전히 그 세계와 자신을 단절시켰던 것은 아님을 알 수 있다. 그가 이른바 '쓰는 소설'로서의 단편과 달리 '씌키는 소설'로서의 장편을 다수 창작한 것은 작가로서의 세속적 명성을 얻기 위한 속물적 계산에서가 아니라 가족의 생계를 책임져야 하는 가장으로서의 경제적 책임 때문이라 보는 것이 합당하다. 이를 루카치나 골드만의 어휘를 빌려 표현하면, 그는 식민지 현실을 '타락한 세계'로 규정하면서도 장편소설 연재 등의 '타락한 방식'을 통해서나마 '진정한 가치'를 추구하고자 노력했던 작가라 할 수 있다. 그런 점에서 그의 작가정신을 "이념의 자기 전개 기반이 확보되어 있지 않은 상태"의 '처사의식'으로 파악하는 견해도 있으나 그보다는 루카치나 골드만의 용어를 빌려 '문제적 개인'이란 관점으로 해석하는 것이 타당하리라 생각한다. 한 연구가는 처사의 의미를 현대적으로 새롭게 해석해 처사에게 가능한 것은 현실로부터 한 발 떨어져 나와 금욕적 태도를 고수하는 일뿐이나 동시에 현실참여에의 강한 지향성과 현실에 대한 비판 정신을 가지고 있다고 정의하고 있지만, 뒷부분의 해석은 전통적 의미의 처사[17]에게는 어울리지 않는 현실적 정신태도나 행동양식이기 때문이다.

「패강냉」은 서리[霜]가 내린 뒤 곧이어 닥칠 혹독한 추위를 걱정하는 주역의 한 구절[履霜堅氷至]을 통해 일제 식민 정책이 더욱 가혹해지리라는 점을 예견한 작품이다. 이 소설에서 발견되는 또 하나의 흥미로운 사실은 춘원과 상허 소설의 작중인물이 오랜만에 평양을 방문하여 눈여겨보는 풍경이 판이하게 다르다는 점이다. 『무정』의 이형식은 영채를 찾기 위해 평양에 갔다가 우연히 한 노인을 통해 조선이 얼마나 낙후해 있는가를 자각한다. 형식은 그 노인을 "조선이 아직 옛날 조선으로 있을 때에 선화당(宣化堂) 안에서 즐겁게 노닐던 사람"으로 간주하면서 자신과 그 노인과는 "전혀 말도 통하지 못하고 글도 통하지 못하는 딴 나라 사람"(이광수, 『무정』), 즉 시대의 '낙오자'라고 단정짓는다. 이에 반해 「패강냉」의 '현'은 평양 거리의 풍경을 다음과 같이 관찰하고 있다.

오면서 자동차에서 시가도 가끔 내다보았다. 전에 본 기억이 없는 빌딩들이 꽤 많이 늘어섰다. 그중에 한 가지 인상이 깊은 것은 어느 큰 거리 한 뿌다이에 벽돌공장도 아닐 테요 감옥도 아닐 터인데 시뻘건 벽돌만으로, 무슨 큰 분묘와 같이 된 건축이 웅크리고 있는 것이다. 현은 운전수에게 물어보니, 경찰서라고 했다.

• 「패강냉」

『무정』의 형식이 평양에서 근대문명에 눈뜨지 못한 노인을 불쌍히 여기는 것과 달리 「패강냉」의 '현'은 근대의 제도 가운데 부정적인 것(경찰서 · 감옥 등)에 먼저 시선이 간다. 사소한 것 같아 보이는 이 차이는 두 작중인물(더 나아가 이광수와 이태준)의 근대 또는 일제의 식민통치에 대한 이해방식과 대응전략이 어떻게 다른가를 극명하게 보여주는 사례라 할 수 있다. 요컨대 이광수에게 있어 일본(근대)은 부끄러운 아버지를 대체하는 "칠칠함의 표준"[18]으로 전범의 대상이었으나, 이태준에게 일본은 우리의 전통과 문화를 압살(壓殺)하는 제국주의의 표본이었던 것이다.

「토끼 이야기」 역시 자전적 요소가 강하게 반영된 작품으로, 이태준은 '고백'이라는 형식을 통해 일제 말기의 암담한 현실을 고발하고 그에 대처하는 처절한 생존방식을 박진감

있게 보여주고 있다. 가라타니 고진은 주로 약자나 패배자가 고백의 형식을 빌리는 것은 그것이 왜곡된 권력의지이기 때문이라고 말한다. 따라서 고백은 '참회'가 아니라 당당한 '주체'로 존재하는 것을 목적으로 하며 외부의 권력과 대립하는 특질을 갖는다. 「토끼 이야기」는 1940년 『조선일보』·『동아일보』가 강제 폐간되어 신문에 소설을 연재하는 일조차 불가능해진 궁핍한 경제적 상황 속에서 보다 적극적으로 생계수단을 강구하는 한편 본격문학에 힘쓸 것을 다짐하는 내용을 담고 있다. 작중인물 '현'은 어떻게든 살아 견뎌야 한다는 절박한 생각으로 일제가 장려하는 토끼 사육을 결심한다. 그와 함께 본격문학에의 의욕을 새삼 다지는 것은 '진정한 가치'를 추구하기 위해 삶의 '타락한 방식'을 소극적으로나마 수용하는 문제적 인물의 행동양식을 연상시킨다. 따라서 '현'의 이러한 행동은 "점증하는 시대의 부하에 굴복하는 모습"으로 볼 것이 아니라 "벌거벗고 생활 속에 뛰어 들어 현실을 태클"[19]하려는 적극적인 태도로 이해해야 할 것이다.

이태준의 현실인식은 이미 「패강냉」과 「장마」 등을 통해 확인한 바 있거니와 이 소설에서도 그는 자신의 분신으로 여겨지는 주인공의 자질구레한 일상의 창(窓)에 비친 일제 말기의 암담한 경제적 난국을 담담히 그리고 있다. 그런 한편으로 생활에 급급하여 작가로서의 본분을 망각했던 자신의 나태함을 반성하며 참다운 예술가 노릇을 다시 시작하려는 의욕을 불태운다. 상허가 이 시기를 전후하여 자신의 창작태도의 변화를 암시하는 듯한 수필(「참다운 예술가 노릇 이제부터 할 결심이다」)을 발표한 것도 이런 맥락에서 이해할 수 있을 것으로 보인다.

이상에서 다룬 소설은 일제 말기의 암담한 현실 속에서 진지한 자기반성의 자세를 갖는 지식인의 모습이 투영되어 있다. 특히 이들 세 작품은 작가의 자전적 요소가 강하게 반영되어 있어 당시 이태준의 현실인식과 세계관 등을 엿볼 수 있는 단초를 제공한다. 그는 초기 작품에서 드러내었던 감정적 요소를 거의 제거하고 현실을 객관적으로 바라보기 시작한다. 그리고 현재보다 더욱 가혹해질 시대상황을 우울하게 통찰한다. 조선어 말살정책과 창씨개명의 조짐을 예견한 일은 그가 얼마나 사회현실에 민감하게 반응하고 있었는가를 단적으로 증명해주는 사례이다. 또한 「토끼 이야기」에서처럼 시대의 큰 물결이 언젠가는 새로운 사조에 의해 밀려날 것이라 확신하는 데서 작가의 역사의식이 낙관적 전망에 기초하고 있음을 알 수 있다. 상황이 점차 악화되어 가고 있음에도 불구하고 미래에 대한 낙관적 전망으로 자신의 나태함을 채찍질하는 그의 행동은 지식인의 자세가 어떠해야 할 것인가를 시사하는 것으로 보인다. 이 점은 고아로 자라나면서 겪은 혹독한 체험이 그로 하여금 역을 믿는 인생관을 갖게 하였노라고 고백한 「악반려」란 글에서도 잘 드러난다.

엄정한 리얼리즘의 정신

병든 아이를 생매장할 수밖에 없는 처참한 현실이 작가 특유의 미려한 문체와 압축된 서술방식에 의해 묘사된 「밤길」은 식민지 말기 상황을 가장 상징적으로 드러낸 작품이다. 목숨이 경각에 달린 아들을 바라보는 아비의 애절한 마음이 간결한 문체에 힘입어 감동적으로 전달되며, 장마와 어둠으로 표상되는 배경 또한 시대의 암흑적 상황을 효과적으로 제시하고 있다. 아직 숨이 붙어 있는 아들을 매장하기 위해 나선 황서방의 앞에는 줄기차게 퍼붓는 장맛비와 세찬 바람, 그리고 칠흑 같은 어둠이 죽음의 장막처럼 펼쳐져 있다. 장마·어둠·바람 등으로 표상된 자연환경이 일제 말기의 절망적 시대상황에 대한 비유라면, 황서방과 그의 아들은 모든 희망을 상실한 채 주저앉을 수밖에 없었던 우리 민족의 상징으로 읽을 수 있다. 다시 말해 이태준은 「밤길」을 통해 칠흑 같은 어둠으로 상징되는 일제 말기의 절망적 시대상황과 그 속에서 인간 이하의 취급을 받으며 살아가고 있었던 하층민의 비애를 고발하고 있는 것이다. 이 점은 김유정의 「땡볕」과 좋은 비교가 된다. 김유정의 「땡볕」은 도시로 쫓겨난 덕순 일가의 비극을 그린 작품으로, 그들 앞에 전개된 암담한 현실이 한여름의 '땡볕'으로 표상되고 있다. '땡볕' 또는 '장마·어둠·바람' 등은 모두 자연현상이면서 그것이 당시의 시대상황을 상징하는 지표로 쓰이고 있다는 점에서 「밤길」과 「땡볕」은 친연적이라 할 수 있다.

「농군」은 만주 이농민들의 처절한 삶의 투쟁을 사실적으로 그린 작품이다. 밭과 산, 집을 모두 팔아 마련한 오백 원을 밑천삼아 만주로 이민가는 윤창권(尹昌權) 일가는 장쟈워푸(姜家窩柵)에 도착하여 황무지나 다름없는 들판을 논으로 만드는 역사(役事)를 시작한다. 원래 밭농사를 주로 했던 만주인들은 조선 이주민들이 수로사업을 벌이자 결사적으로 이를 방해한다. 그것은 논농사를 짓는 조선사람과 밭농사를 짓는 만주인 사이에 벌어진 일종의 문화적 충돌이라 할 수 있다. 이 갈등은 조선인의 생존과 직결된 문제여서 한 걸음도 양보할 수 없는 사정이기에 두 민족간의 갈등은 극단적인 상황으로까지 치닫는다. 현정부에 진정서를 내러 갔던 마을 사람들이 구속되고 황채심마저 끌려간 상황에서 조선사람들은 "밤이슬을 맞으며 악에 바쳐" 도랑 바닥을 쳐낸 결과 마침내 수로 개통에 성공한다. 갖은 우여곡절 끝에 황무지로 버려졌던 들판이 물로 가득 차는 과정을 묘사한 결말 부분은 조선사람의 끈질긴 투쟁의 성취를 보여주고 있다.

창권의 넙적다리에선 선뜩선뜩 피가 터지었다. 총알이 살만 뚫고 나갔다. 안해의 치마폭을 찢어 한참 동이는 때다. 무에 시커먼 것이 대가리를 휘저으며 도랑바닥을 설설 기어 오는 것이다. 안해와 어머니는 으악 소리를 지르고 물러났다. 아! 그것은 배암이 아니었다. 물이었다. 웃녘에서 또 소리를 질렀다. 물 나려간다는 소리였다. 아, 물이 오는 것이였다. (……)

창권은 다시 한번 놀랐다.

몇달째 꿈속에나 보던 광경이다. 일망무제, 논자리마다 어름장처럼 새벽하늘이 으리으리 번뜩인다. 창권은 더 다리에 힘을 줄 수 없어 노인의 시체를 안은 채 쾅 주저 앉았다. 그러나 이내 재쳐 일어났다. 어머니와 안해에게 부축이 되며 두 주먹을 허공에 내저었다. 뭐라고인지 자기도 모를 소리를 악을 써 질렀다. 웃쪽에서 악쓰는 소리들이 달려나온다.

물은 대간선 언저리를 철버덩 철버덩 떨귀 휩쓸면서 두 간통 보통이 뿌듯하게 나려 쏠린다.

논자리마다 넘실넘실 넘친다.

아침햇살과 함께 물은 끝없는 벌판을 번져 나간다.

• 「농군」

이 작품은 예전의 작품에서 간혹 느껴졌던 감상적 요소와 인물의 나약한 성격 같은 것이 제거되어 사건의 급박한 흐름을 따라 스토리를 전개함으로써 박진감이 강조되고 있다. 그리고 작중인물들이 생존의 위기에 부닥쳐 이민족과 직접적 대결을 벌임으로써 소기의 목적을 이루었다는 것은 이제 그들이 즉자적 민중의 차원에서 한 단계 발전하여 대자적 민중으로서의 의식을 갖게 되었음을 뜻한다. 다시 말해, 이제까지 자신이 핍박받고 있는 원인을 이해하지 못하고 더군다나 그러한 적대세력에 항거하려는 의식은 꿈에도 갖지 못했던 민중들이 과감히 떨쳐 일어서 자신의 정당한 생존권을 주장하는 장쟈워푸 이농민들의 함성은 오랜 동안 눌려 지내왔던 울분의 폭발이며 주체성 확립의 징표인 것이다. 「농군」이 특별히 주목되는 까닭도 이 때문이거니와, 이태준은 갈수록 암담해지는 현실을 우울하게 응시하면서도 미래에 대한 낙관적 전망을 버리지 않았던 것으로 이해된다.

여러 논자가 이태준 문학의 정수로 「농군」을 꼽는다. 예컨대 김동석은 이 작품을 이태준의 작품 성향에서도 예외적인 것으로 돌리고 있으며, 신동욱은 "이태준 작품에서 거의 유일할만큼 서사적 겨룸이 적극화된 것의 하나"이며 "이태준 문학의 성숙된 경지"가 십분 발휘된 것으로 극찬한다. 또한 임화도 "이 소설을 꿰뚫고 있는 것은 분명히 크나큰 비극을 속에다 감춘 서사시의 감정"이며 "태준이 처녀작을 쓸 때부터 가지고 나왔던 어느 세계가 이 작품에 와서 한아의 절정에 도달하였다는 감을 주는 아름다운 작품"으로 높게 평가한다. 만보산사건을 제재로 한 「농군」은 리얼리즘의 정신에 충실할 뿐 아니라 타민족과의 생존의 투쟁이 작품의 줄기를 형성하고 있어 민족주의적 성격이 돋보인다. 만보산사건의 실상과 「농군」의 서사를 비교하여 이 작품이 작가의 의도와는 무관하게 "일제의 정치적 야욕에 부합 또는 협조한 친일적 결과를 낳았다"거나 "작가의 '심각한 내적 변모'와 '모색'의 결과가 아니라, '만주경영'이라는 제국주의의 '새로운 시대적 흐름'에 편승한, 다시 말해 당대의 '국책'(國策)에 적극적으로 부응한 소설"[20]이라는 비판도 있으나 그것은 만주로 이주한 조선인을 일본의 국민으로 이해하는 제국주의적 시각에 바탕을 둔 것이다.[21]

지금까지 살펴본 「밤길」, 「농군」 등은 냉정한 현실인식을 바탕으로 하고 있으며, 시대현실에 대한 해명을 리얼리즘의 고유한 특성이라 볼 때 위 리얼리즘 정신에 가장 근접해 있음을 알 수 있다. 이태준은 이미 1930년대 초반부터 식민지 현실을 문제 삼아 작품화했으며 일제의 폭압적 정치가 갈수록 심해져가던 1940년대에 이르러서도 그런 성향은 변하지 않아 「농군」과 같은 수작을 생산할 수 있었던 것이다.

이태준 소설은 시대상황이 악화되면서 더욱 현실문제에 예각적으로 접근하는 양상을 보인다. 뿐만 아니라 초기의 서정적이고 값싼 감상으로 도배된 치졸한 문장에서 벗어나 산문정신에 근접하는 발전적 변화의 모습을 분명히 드러내기도 한다. 그러나 이태준은 「농군」에서 보여주었던 리얼리즘의 정신을 더 이상 발전시키지 못하고 현실에 순응하는 듯한 자세를 취한다.

이태준 장편소설의 특징

『제이의 운명』의 대중성과 사회의식

이태준이 해방 전에 발표한 13편의 장편은 하나같이 남녀의 삼각관계를 기본 갈등구조로 하는 연애소설의 범주에 속한다. 고아인 남주인공이 여주인공과 서로 사랑하지만 제3의 인물이 등장하여 그들의 사랑은 좌절되고, 연애에 실패한 남녀 주인공이 사회운동에 헌신한다는 줄거리를 가진 『제이의 운명』은 이태준 장편소설의 특질을 전형적으로 보여준다.

『제이의 운명』의 주인공은 윤필재와 심천숙이다. 이들은 어린 시절부터 서로 사랑하는 사이다. 그런데 박순구가 그들 틈에 끼어 결국 심천숙을 아내로 삼는다. 윤필재와 심천숙 사이를 갈라놓은 계교를 꾸민 장본인은 강수환이다. 그는 박순구의 여동생 박정구를 아내로 삼으려 하지만, 박순구 가족들은 윤필재를 마음에 들어한다. 심천숙은 윤필재가 박정구와 혼인할 것이라는 헛소문에 속아 박순구를 선택한다. 박정구는 윤필재에게 호감을 가지고 있으나 결국 강수환과 마음에 없는 결혼을 한다. 손형진이 윤필재에게 신문화사에서 함께 일할 것을 권유하지만, 김희섭의 속물성에 환멸을 느끼고 그들과 결별한다. ×여고보 교사가 된 윤필재에게 남마리아가 호감을 보인다. 강수환은 여교장에게 밀착하여 윤필재를 계속 모함하고 마침내 윤필재는 사표를 쓴다. 학교에서 나온 윤필재는 우여곡절 끝에 남마리아와 뜻을 합쳐 용담으로 내려간다. 관동의숙의 재정 마련을 위해 애쓰던 남마리아가 사망하고 심천숙이 용담으로 내려온다. 남마리아의 장례를 치른 윤필재가 관동의숙을 심천숙에게 부탁한 후 새로운 삶을 찾아 떠난다.

이들 등장인물 가운데 윤필재를 제외한 남성들이 부정적인 인간상으로 성격화되고 있는 점에 유의할 필요가 있다. 강수환은 그 중에서도 가장 비열하고 개인의 이익에만 밝은 인물이다. 박순구―심천숙, 박정구―강수환의 애정 없는 결혼이 성립할 수 있었던 것도 강수환의 계략에 모든 사람이 휘둘렸기 때문이었다. 따라서 박순구·박정구·심천숙·윤필재는 강수환의 이기심에 희생된 인물들이라 할 수 있다. 반면에 남마리아와 심천숙은 매우 개성이 강한 인물로 표상된다. 심천숙은 한 순간의 오해 때문에 박순구와 결혼하지만, 그것이 자신의 성급한 판단이었음을 깨닫고 윤필재를 간접적으로 돕는다. 뿐만 아니라 그녀는 박순구와의 결혼생활을 청산하고 윤필재와 새로운 삶을 살기를 희망한다. 이들 가운데 남마리아는 가장 순결하고 개성 있는 인물로 형상화된다. 그녀는 오로지 윤필재만을 사랑하다가 비극적인 죽음을 맞는다. 이런 맥락에서 남마리아는 작가가 창조한 이상적인 여인상이라 할 수 있다. 여성 인물의 이러한 '연애 실패→사회봉사'라는 삶의 도정은 남성 주인공의 그것과 비슷한 양상으로 전개된다. 가령 윤필재가 관동의숙에 내려가게 된 것은 ×여고보를 사퇴한 것이 직접적 원인처럼 보이지만, 보다 근본적인 동기는 심천숙에 대한 미련을 떨치기 위해서이다. 다시 말해 이태준 장편소설의 주인공들은 사회인으로 성장하기 위한 일종의 통과의례로서 연애 실패의 쓰라린 경험을 공유한다. 이런 점에서 이태준의 장편소설을 애정문제에 국한해서 본다면, 이니시에이션 소설(initiation story)의 특성이 현저하다.

이 소설의 남주인공 윤필재는 유아적 성향이 강한 인물로 묘사된다. 그는 박순구의 방해공작으로 심천숙을 빼앗길 위험에 처했음에도 불구하고 애써 태연을 가장하는 등 현실과 명분 사이에서 늘 명분을 강조한다. 그러나 그것은 자신의 열등감을 은폐하기 위한 자기 합리화에 지나지 않는다. 가령

천숙이 순구의 유혹에서 벗어날 생각으로 자신의 정조를 바치려 할 때 필재가 취한 행동은 전혀 젊은이답지 않은 것이다. 그는 천숙의 감정 같은 것은 전혀 고려하지 않고 대의명분만 앞세운다. 그에게 중요한 것은 자신의 도덕적 순결성과 사회적 신망일 뿐이다. 그밖에 인간 본연의 순수한 감정이나 정열은 항상 의지의 힘에 뒷전으로 밀려나고 만다. 그리하여 그는 결국 자신이 믿었던 이성에 철저히 배신당함으로써 더 큰 좌절을 맛보게 된다. 천숙이 순구와 결혼을 한 후에도 그는 태연을 가장한 채 순구의 집에 드나들지만 그의 가슴은 질투의 화염에 휩싸여 증오와 미련의 감정만 남게 된다. 때문에 남마리아의 순수한 사랑을 인정하면서도 천숙에 대한 미련을 버리지 못하고 방황하는 것이다. 더욱 가관인 것은 천숙이 순구와의 결혼생활을 포기하고 그를 찾아 관동의숙에 내려오자 어린애 같은 투정을 부리는 대목이다. 그는 남마리아의 죽음이 천숙 때문인 것처럼 그녀에게 마구 패악을 부린 뒤 언제 그랬냐 싶게 금방 죽어서도 너를 잊지 않을 것이라며 사랑을 고백한다. 그는 유독 애정문제에 있어서는 유아기를 벗어나지 못하는 성격적 장애를 보여준다.

반면에 사회인으로서의 그는 이성적이고 합리적인 인물로 묘사된다. 가령 자신이 근무하던 학교에서 한 학생의 처벌문제를 놓고 직원회의가 열렸을 때 보여준 그의 행동은 올바른 교사의 전형적인 모습이다. 서양인 교장이 "What flower is it?"이란 구문을 "무슨 꽃이요 이것이?"라고 해석했을 때 한 학생이 "이것이 무슨 꽃이요?"가 옳다고 이의를 제기하자 교장은 "새파랗게 질린 두 손을 부들부들 떨기까지 하면서" 그 학생의 처벌을 주장하고 나선다. 강수환은 교장의 비위를 맞추느라 이주일간의 정학처분에 동의하지만 필재는 정연한 논리로 교장과 수환의 의견에 반박한다. 그는 "번역이란 건 어디까지 번역하는 그 지방말을 표준으로 해야"한다는 원칙론과 "자기가 옳은 줄로 알고 고집하는 것을, 더구나 학문에 들어 강제를 받지 않으려는 그 가상한 의기를 교육자로서 북돋아 주지는 못할지언정 덮어놓고 반항이라 죄목을 씌우는 것은 천부당만부당"한 일이라는 교육자의 자질론을 내세워 자신의 논리를 정당화하는 것이다.

이태준 소설 속의 여성 인물은 적극적이고 개방적인 사고를 소유한 인물로 형상화된다. 심천숙은 자신이 원하지 않았던 결혼에 대한 회의와 윤필재에 대한 죄책감으로 그를 은밀히 돕는다. 그리고 마지막에 이르러 그녀는 자신의 가야 할 방향을 분명히 정하고 필재를 찾아 나선다. 남마리아도 진취적이고 긍정적인 인물로 묘사된다. 그녀는 자신의 감정에 솔직하며 옳다고 믿는 바를 주저 없이 실천에 옮긴다. 물론 천숙의 경우 자신의 의사를 끝까지 관철하지 못하고 순구와 결혼하기는 하지만 마지막에 가서 자신의 새로운 삶을 개척하려는 의지를 보여준다. 여성이 경제적 안정을 거부하고 인간다운 삶을 선택한다는 줄거리는 상허 소설의 한 모티프를 형성하고 있다. 가령 「코스모스 이야기」의 명옥은 남들이 모두 부러워하는 신혼생활을 박차고 나와 사람다운 삶을 살고자 한다. 그녀는 자신의 삶이 마치 창부의 생활이나 다름없으며 "거름을 너무 많이 주어서, 땅이 너무 좋아서 잎만 무성"한 코스모스처럼 꽃도 못 피는 불쌍한 존재라는 인식을 하고 결연히 시집에서 도망쳤던 것이다. 「결혼」의 여주인공 S도 육신의 건강과 예술적 정열 외엔 가진 것이 없는 T와 결혼을 한다. 그녀의 가치관으론 "돈이나 명예에 끌리어 사랑을 허락하는 것은 마치 매음이나 하는 것"과 같은 더러운 일이었기 때문이다.

『제이의 운명』 후반부는 강원도 용담의 관동의숙으로 무대가 옮겨지면서 계몽소설의 성격을 강하게 드러낸다. 윤필재와 남마리아는 관동의숙에 내려가 학교의 정상화를 위해 온갖 노력을 기울이지만, 남마리아가 폐병으로 죽게 되는 비극적 결말을 맞는다. 이들이 관동의숙에서 벌인 일련의 행동은 1930년대 농촌계몽운동이 어떤 양태로 전개되었는가를 짐작하게 해준다. 1930년대의 농촌계몽운동은 일제의 농촌수탈정책에 대항하기 위한 수단으로 시작된 것이다. 동아일

보사를 중심으로 전개된 '브 나로드' 운동 역시 농촌발전을
위한 민족적 차원의 자발적 민간운동의 성격을 띤다. 이태
준의『제이의 운명』또한 이러한 시대적 분위기에 부합하여
주인공이 농촌에 투신한 것으로 보인다.『제이의 운명』은
애정문제·교육문제·농촌계몽운동 등 당시 주요한 사회문
제를 다룬 작품이다. 이러한 문제들이 다중(多重)의 삼각관
계를 통해 밝혀지고 있어 작품은 전체적으로 다양성과 통일
성을 유지한다. 이러한 인간관계의 설정 방식은 개인의 문
제를 그 자체로만 다루지 않고 사회적 연관 속에서 다루어
더욱 깊은 진실을 발견하게 하는 중요한 역할을 담당한다.

『사상의 월야』의 계몽적 성격

『사상의 월야』는 미완성 장편소설이다. 이 작품은 작가의
자전적 소설인 동시에 한 젊은이의 정신적 성장을 객관화한
교양소설이라 할 수 있다. 그러므로 이 작품은 이태준이 살
아온 삶의 궤적과 의식의 형성 및 변천 과정을 이해하는 데
빼놓을 수 없는 자료가 된다. 이 작품은 주인공의 어린 시절
부터 성장하여 일본에 유학하기까지의 사정이 연대기적 기
술방식에 의해 묘사되어 있는데 주인공의 성장 과정은 작가
의 그것과 거의 일치한다.『사상의 월야』가 작가의 자전적
소설이라 하지만 작품의 근간을 이루는 것은 역시 남녀 주인

공의 애정문제이다. 그리고 이들의 사랑이 깨어지자 남주인공이 비로소 사회문제에 시선을 돌린다는 구성도 상투적이다. 이러한 기본 골격은 다른 작품과 비슷하지만, 이 작품을 통해 당시 교육기관의 비교육적 행태에 대한 작가의 날카로운 비판과 외국인에 대한 비우호적 태도를 엿볼 수 있어 흥미롭다.

주인공 송빈이 은주와의 사랑에 실패한 뒤 사회현실에 관심을 갖는 것으로 설정된 서사 구성은 타작품과 유사한 설정이다. 하지만 이 작품에서의 남녀관계는 다소 특별하다. 송빈과 은주가 먼 친척 오누이 관계로 설정되어 있기 때문이다. 은주 어머니는 송빈을 처음 보는 자리에서 "너이 아버지께서 촌순 멀어두 나한테 오라버니 항렬이시드랬어…… 나시집 올 때 단장을 너이 어머니께서 시켜주시더랬는데……"라고 말한다. 그렇다면 송빈과 은주도 당연히 오누이 관계가 성립된다. 비록 촌수는 멀어도 오누이 관계에 있는 남녀의 연애감정은 송빈이 고아로서 겪었던 외로움과 근원적 상실감을 보상받고 이를 위로해주기 위한 감정유희였을 뿐 사랑이라 부를 만한 것이 못 된다. 사춘기에 접어든 두 사람이 함께 돌아다녀도 은주 어머니는 전혀 그들의 사이를 의심하지 않고 있는 점만 보아도 그들의 관계를 유추할 수 있다. 그러나 모처럼만에 이성에게서 따뜻한 인간 대접을 받은 송빈은 그녀를 "카레테(카추샤·에레나·롯데에서 한 자씩 딴 이름)"라 부르며 그녀와의 영원한 사랑을 꿈꾼다.

송빈이 은주에게 마음이 끌리게 된 것은 그녀가 먼저 애정 표현을 했기 때문이다. 그녀의 자신에 대한 각별한 관심이 사랑이라고 판단한 송빈은 이제까지 굶주렸던 모성애를 그녀를 통해 충족시키려 한다. 사랑에 빠진 그는 자신이 고아가 된 것조차 그녀를 만나게 하기 위한 신의 배려일 것이라는 엉뚱한 환상에 사로잡힌다. 흔히 고아는 부모의 부재에서 야기된 심리적 불균형을 극복하기 위해 다른 대치물에 강한 그리움과 집착을 보이는 특징을 갖는다. 그리고 이런 지향성이 병적인 강렬성을 띤다는 것은 잘 알려진 사실이다. 송빈의 은주에 대한 열망은 고아의식에서 비롯된 병적 그리움이다. 따라서 그것이 행복스런 결말로 끝나지 못할 것이라는 점은 처음부터 예정된 것이다. 그는 국권을 일제에 빼앗긴 한을 가슴에 품은 채 이국의 차가운 땅에 묻힌 선친에게 부끄럽지 않기 위해 은주를 단념하기로 결심한다. 결국 그는 연애문제에서는 유아적 심리상태에서 탈피하지 못한 채 대상에 대한 집착과 포기를 빈번히 반복하는 것이다.

이 소설을 통해 우리는 이태준의 어린 시절을 상당 부분 재구할 수 있다. 특히 그가 외할머니와 함께 고향에 돌아온 뒤 사립 봉명학교에 다니던 시절에 대한 기억은 그의 생애와 작품을 이해하는 데 매우 중요한 단서가 된다. 그는 봉명학교에서 몇 가지 중요한 체험을 한다. 첫째, 오천문이란 젊은 교사를 통해 과학의 중요성을 깨달은 것, 둘째, 이토 히로부미의 시「出鄕關」(男兒立志出鄕關 學若無成死不還 埋骨豈期 墳墓地 人間到處有靑山)에 깊은 감명을 받은 것, 셋째, 간이 농업학교 선생들이 학생들에게 면서기 · 헌병 보조원 · 군청 기수가 되는 데 만족할 것을 은연중에 강요하는 일에 의분을 느끼는 것 등이다. 이와 같은 체험은 그의 의식 형성에 깊은 영향을 준다. 특히 이토 히로부미의 한시는『不滅의 喊聲』에도 인용될 만큼 작가에게 강한 인상을 남긴 것으로 보인다. 하지만 무엇보다 중요한 것은 위 사실들이 이 작품을 계몽주의 소설로 성격화한다는 점이다. 과학의 중요성에 대한 인식은 이미 신소설에서 강조된 이래『무정』등을 통해 계몽주의 소설의 가장 특징적인 요소로 기능해왔다. 그러나 이러한 계몽적 성격은 노골적으로 강조되지 않는다. 다만 송빈의 가슴 깊은 곳에 선명하게 각인되어 있던 이 체험은 그로 하여금 일본 유학길에 오르도록 부추기는 요인으로 기능한다. 그는 자신의 도일(渡日)이 "일본과 투쟁하여 조선을 찾을 그런 준비로 학문과 사상을 배우러 가는 것"이라 인식한다. 이것은 작가의 계몽주의가 민족주의 사상과 결합한 좋은 보기라 할 수 있을 것이다. 즉 이태준은『사상의 월야』에서 계몽적 성향을 강하게 드러내고 있지만, 그것을 한 차원 높여 민족주의로 승화시킨 것이다. 송빈이 현해탄을 건너면서 느끼는 감회는 이 작품의 계몽적 성격과 민족주의에의 지향을 형상화하는 데 이바지하고 있다.

"멀―리 백제때는 왕인(王仁)이 문자(文字)를 가지고 이 바다를 건너갔다!

오늘 우리는 비인 머리를 가지고 과학과 사상을 거기로 담으러 가게 되었다!"

더욱 송빈이가 놀라듯 벌떡 일어난 것은

"오 아버지께서도 이 현해탄을 건너셨더랬다!"

생각을 해내인 것이다. '낭아사끼'에서 양복을 입고 찍으신 사진은 그 천도 연적과 함께 아직도 누이 송옥이가 맡아 가지고 있는 것이었다.

"현해탄이란 우리의 모―든 역사의 바다다! 모든 역사의 파도다!"

송빈이는 일어섰다. 바다가, 현해탄이 보고 싶어졌다. 허리가 휘우뚱한다.

비틀거리며 층계를 올라와 보았으나 갑판으로 나가는 문은 잠겨 있다.

• 『사상의 월야』

원작의 독백은 많은 함의가 내포되어 있는 듯하지만 지나치게 압축되어 있어 정확한 의미 파악이 어렵다. 하지만 개작을 함께 읽으면 그 뜻이 보다 확연해진다. 물론 개작이 이루어진 시기가 1946년임을 감안해야겠지만, 그렇더라도 구성상의 커다란 변화는 보이지 않으므로 이 부분은 원작의 해설로 받아들여도 좋을 듯하다. 현해탄은 과거 우리 조상들의 선진 문물을 일본에 전달하기 위해 오갔던 바다였으나 지금은 사태가 역전되어버린 쓰라린 현실을 상징한다. 송빈은 현해탄의 역사적 의미를 절감하는 한편, 선친을 비롯한 개화주의자들이 매국노로 부당하게 취급받고 있으며 오히려 친일파들이 득세하는 왜곡된 현실에 분개하기도 한다. 그리고 유학생 가운데 역사와 민족에 대한 투철한 자각 없이 일신의 부귀영달을 꾀하기 위해 현해탄을 건너는 매국노의 자식들이 적지 않음에 개탄하면서 자신은 아버지의 유지를 계승하겠노라 굳게 다짐하는 것이다. 즉 이제까지 막연한 상태로 그의 의식을 점유하고 있던 민족주의 정신이 비로소 구체적 형태를 띠면서 새로운 운명의 파도를 헤쳐나갈 정신적 원동력으로 고양되는 것이다.

송빈이 일본으로 가게 된 원인은 휘문학교에서 퇴학당했기 때문이다. 그는 용담의 간이농업학교에서 학생들이 하급 사무직에 취직할 것을 꿈꾸는 데 실망한 적이 있는데, 휘문고보에서도 월사금 때문에 수업에 제대로 참석하지 못하는 일이나 교주(校主) 개인의 의사가 학교 행정을 좌우하는 것, 혹은 학교의 지나친 운동열(運動熱) 등에 회의를 느낀다. 어느 날 조회시간은 교장의 "똥 누는 이야기"로 삼십 분이나 보낸 일에 대단히 분개한다. 그의 일기장은 학교의 비교육적 처사에 관한 불만이 가득 실려 있다.

"오늘도 조회시간에 교장선생님께서 똥 누는 이야기로 삼십분이나 보냈다.

똥 하나 깨끗이 눌 줄 모르는 것이 중학생인가. 팔백 명 학생이 한 뜰에 서서 교장선생님의 훈시를 듣는 하루 한 번밖에 없는 그 귀한 시간을 똥 누는 이야기로 보내다니! 우리는 좀더 의의있는 훈시가 얼마나 듣고 싶은 것인가!"

"학교에 차츰 보기 싫은 자식들이 늘어간다. 사학년에 세루 바지 입고 오는 자식, 교주의 손자라나 뻔쩍하면 교복을 안 입고 오고, 교복을 입은 날도 각반은 으레 안 치는 자식, 체조선생도 그 애 하나에만은 어째 꿈쩍도 못하는 건가?"

• 『사상의 월야』

중학생다운 의기와 순진함이 잘 드러난 분노의 기록이다.

주인공이 가장 분개하고 있는 것은 교주의 비교육적 행태와 아무 비판 없이 그것을 따르는 교사들의 무능과 무의식이다.

이런 일이 있었다. 여름방학이 멀지 않았는데 갑자기 평양으로 수학여행을 간다 하였다. 시기로 보나, 처소로 보나, 전례가 없는 행사라 단순한 수학여행이 아니었다. 중앙에서 배재에서 부랴부랴 축구선수를 끌어다가 교표와 교복단추를 바꿔 달아 놓더니, 이 벼락 축구팀을 평양으로 데리고 가는 것이었다. 여행단에게 교장의 훈시는 근래에 드문 열변으로 이런 구절이 튀어나오기까지 하였다.

"학교팀이든 사회팀이든 모조리 이겨야 한다! 아무튼 평양을 꺾어 놓구 와야 한다! 평양을 못 꺾구 오면 우린 교주 선생을 대할 면목이 없는 거다! 그와 반대루 평양만 휩쓸구 올라오면 우리 학교는 장래에 큰 서광이 비칠 것이다."

이 서광이란 재단법인을 의미하는 줄은 또 교주가 평양과 격진 감정을 일학년 학생들도 다 직각하였다. 물론 학교 하나를 영구한 반석 위에 세워 놓기 위해서는 수단의 여하를 가리지 않는 늙은 교장의 눈물겨운 노력에는 차라리 감격할 이유도 한편에는 없지 않으나 그러나 수단이 교육가로서는 최선의 것이 아니었고, 그의 밑에 있는 교직원과 팔백 명 학생이 너무나 이용당하는 것이었다. 무슨 운동시합을 해 이기면 전교학생이 학교에보다 교주댁 마당으로 먼저 들어갔고, 가서는 그 여러 마님들과 아씨들까지 치장을 차리고 나타나도록 한 시간이건 두 시간이건 뜰 아래 서 있어야 했고, 이윽고 가족사진이나 찍는 것처럼 의자가 정돈이 된 뒤에 교주를 중심으로 전 가족이 앉을 자리에 앉고 설 자리에 서야, 그제야 교장이 나서서 시합 경과를 보고하였고 '교주만세'를 세 번 부르는 것이었다. 그리고 운동부에 금일봉을 내리라는 분부를 받고, 최경례를 하고 나오는 것이었다. 원족을 갔다가도 교주댁 산소 앞이면 그냥 지나지 않았고 교주의 생일날에도 학생들은 몇 주일 동안 창가를 연습해 가지고 가 불러야 하였다.

- 『사상의 월야』

휘문학교의 교주 민영휘는 대표적인 친일파 가운데 한 사람이다. 이태준 소설에 그려진 그의 초상은 전제 군주를 방불케 하는 위압적인 모습이다. 라이벌 학교와의 운동시합에서 승리한 뒤 교장 이하 전교생이 "교주만세!"를 세 번이나 외치고 최경례를 하는 대목에서 우리는 이태준의 휘문학교 교주에 대한 분노를 읽을 수 있다. 이 부분은 단순한 허구가 아니라 이태준이 짧은 학창생활 동안 보고 들은 체험을 거의 사실 그대로 옮긴 것으로 생각된다. 이를 통해 우리는 이태준이 휘문학교에서 쫓겨난 사연의 전말을 자세히 파악할 수 있다.

휘문고보 동맹휴학사건의 발단은 교주의 어처구니없는 전화 한 통에서 비롯되었다. "교주께서 바람을 쏘이려고 장충단 공원으로 가셨다가 넓은 마당을 보니 팔백 명 학생을 한번 뜰에 세워놓고 보시고 싶다는 전화"가 오자 부랴부랴 학생들을 집합시킨 것이다. 학생들은 체조를 하기 위하여 교복을 벗어야 했지만 송빈은 교복 안에 내의를 입지 않았기 때문에 교복을 벗을 수 없었다. 이 때문에 체조 선생과 실랑이를 벌인 그는 일주일간 정학처분을 받게 되고 그 게시문을 스스로 붙이라는 모욕적인 명령을 받는다. 그런 차에 밉상스런 교주의 손자가 "이 자식아? 제 정학 광골 제 손으로 붙여?"하고 빈정거리자 울분을 참지 못하고 "그의 피둥피둥한 볼따구니를 내 주먹이 부서져라 하고 올려" 지른 덕분에 삼주일간의 정학으로 가중처벌을 받는다. 이 사건 이후 그는 학교를 그만두고 도쿄에 갈 생각을 하지만, 교주의 손자(민철)가 찾아와 사과를 하여 화해한다. 그리고 송빈과 민철 두 사람이 작당하여 진정서와 격문을 쓰고 직접 선봉에 나서 동맹휴학을 주도하기에 이른다. 이 동맹휴학에는 "일학년과 오학년에서 약간 명이 빠졌을 뿐 거의 전부가 그들의 주장과 행동을 송빈에게 따랐다." 그 결과 학교측에서는 "교육사업

에 대한 개념을 가장 현대적인 것으로 고쳐 가기"로 결정을
내리는 대신 주모자급 십여 명을 퇴학시킨다. 송빈은 희생자
의 필두에 놓여 학교를 그만두고 용담으로 내려와 또 한 번
의 의식의 변화를 경험한다. 그것은 지금까지의 삶이 자기
혼자만을 위한 소아적인 것이었다면 앞으로의 인생은 사회
와 민족을 위한 것이어야 한다는 민족의식의 각성이다. 그리
하여 그는 보다 많은 경험과 지식을 획득하기 위하여 도쿄행
기선에 몸을 실었던 것이다.

『매일신보』에 연재된 후반부는 주인공이 일본에 도착하여
신문배달을 하다가 미국인 선교사를 만나 그의 도움을 받는
이야기를 담고 있다. 흥미로운 점은 서양인에 대한 주인공의
부정적 시각이다. 베닝호프 박사는 송빈을 각별히 총애하여
그에게 미국 유학을 알선하지만 그는 단호히 거절한다. 송빈
이 베닝호프 박사에게 실망하게 된 원인은 그가 조선인에 대
해 매우 심한 편견을 가지고 있기 때문이다. 그는 조선의 실
정을 전혀 이해하지 못할 뿐 아니라 조선 유학생에 대해서도
잘못된 선입견을 가지고 있다. 송빈은 조선 유학생이 스코트
홀을 빌리러 왔을 때 베닝호프 박사가 이를 거절하자 자신이
대신 청소를 하겠노라며 강당을 임대해줄 것을 간청한다. 그
러나 베닝호프는 그 문제에는 흥미도 없다는 듯 일축하고 오
히려 송빈에게 미국에 가 체육을 전공하여 자기의 사업을 도

와줄 것을 제안한다. 송빈은 그의 후의가 계획적이었던 것을 깨닫고 스코트 홀을 떠난다.

이태준 소설에 등장하는 서양인이 대체로 부정적 인물로 묘사되는 것은 의외의 일이다. 작가가 깊게 사귄 서양인이 몇 명이나 되는지 알 수 없으나 베닝호프 박사와의 교분을 통해 서양인에 대한 편견을 갖게 되었다면 그것은 베닝호프가 조선 및 조선인 유학생에게 편협한 선입견으로 대했던 일과 다를 게 전혀 없기 때문이다. 한 가지 특이한 사실은 이태준 소설에서 일본인의 모습을 거의 발견할 수 없다는 점이다. 아마도 「실락원 이야기」의 주재소 소장이 그의 작품에 등장하는 유일한 일본인인 듯한데, 그도 구체적으로 일본인 순사라고 명시되어 있는 것은 아니다. 일본(인)에 대해 저항심을 가지고 있었던 작가의 성향에 비추어볼 때 작품에 일본인이 거의 등장하지 않는 것도 범상한 일은 아니다. 어떤 점에서 이태준 소설에 등장하는 서양인은 조선인과 조선 현실에 대해 부정적 시각을 가진 외국인 일반을 상징하는 존재로 볼 수도 있을 터이다. 이태준은 일본을 직접 겨냥하기보다 식민지 조선에 우호적이지 않은 외국인의 언행을 통해 제국주의의 폭력을 비난하려 했는지 모른다.

일반적으로 민족주의는 한 민족이나 국민이 다른 민족이나 국민에 대해 스스로의 일체감 · 자주성 · 정통성 등을 강조하기 위한 감정이나 사상 혹은 이데올로기 운동을 포함하는 것으로 정의된다. 그리고 그것은 강대국에서는 자기 민족이나 국민이 다른 민족·국민보다 우수하다는 자존감으로 나타나며 피식민국가에서는 우월감과는 상관없이 스스로의 동일성·독자성·특수성을 강조하는 감정·사상·이데올로기와 결합하는 양상을 드러낸다.[22] 전자의 극단적인 예가 나치즘과 파시즘으로의 팽창이라 한다면 후자는 배외주의·국수주의의 모습을 띠면서 최소한으로 움츠러드는 것이다. 이태준의 민족주의 사상은 이데올로기 운동의 성격을 보이진 않았으나 한민족의 자존감과 주체의식을 고양시키려는 의도는 명백하다. 그의 작중인물은 불의(不義)에 결연히 대항하는 특성을 드러낸다. 이들이 항거하는 불의란 대부분 일제 식민정책의 모순 혹은 물신숭배적 가치관에서 기인한 것들이다. 따라서 작중인물의 행동은 단순한 의기(義氣)가 아니라 식민지사회의 구조적 모순 및 일제의 불합리한 식민정책에 대한 항거의 몸짓으로 의미가 확산되는 것이다.

『사상의 월야』는 선진 문명을 배워 식민지 조선의 현실을 타개하려는 주인공의 성장 과정을 그린 계몽소설이며 교양소설이다. 그리고 그가 연애에 실패한 뒤 사회에 관심을 갖는다는 점에서 『제이의 운명』과 비슷한 양상을 띤다. 또한 이 작품은 신문에 연재된 것과 단행본으로 출판된 것 사이에 큰 차이를 보인다. 특히 결말 부분에는 작가의 민족주의 정신이 강하게 투영되어 있어 당시 신문 연재소설의 한계와 일제 문화검열의 실상을 짐작하게 해준다. 더욱이 『사상의 월야』는 미완의 작품이기 때문에 해석에 어려운 점이 뒤따른다. 그런데도 이 소설이 작가의 자전적 소설이라는 점을 감안할 때, 이태준의 전 문학과정을 조명하는 데 몇 가지 중요한 사실을 암시받을 수 있다. 예컨대 「실락원 이야기」 등에 나타나는 젊은 교사의 희생적 행동이 전혀 허구가 아니라 작가가 직접 체험했던 사실이라는 점이다. 또한 송빈과 은주가 먼 친척 오누이 사이라는 사실에서 장편소설 주인공들이 연애에 실패할 수밖에 없는 구성상의 공통점이 발견된다.

『불멸의 함성』의 통속성

『불멸의 함성』은 『조선중앙일보』에 10개월간 연재된 연애소설이다. 이 작품 역시 등장인물들이 다중의 삼각관계를 형성하고, 그것을 중심으로 사건이 전개되는 구성방식을 취한다는 점에서 여타 장편소설과 비슷하다. 그러나 이 작품은 내용상 여타 장편소설에 비해 다음과 같은 몇 가지 특징을 갖는다. 첫째, 서두 부분이 근대 교육기관의 비교육적 행태를 지적하는 데서 시작되고 있다는 점, 둘째, 사회주의자가 등장인물로 설정되어 있다는 점, 셋째, 작품의 공간 배경이

미국으로까지 확장되어 있다는 점이 그것이다.

고학생인 어용이 월사금을 못 내 수업을 거부당한다. 같은 입장의 두영이 어용을 변호하지만, 어용은 끝내 퇴학당한다. 어용이 상하이로 망명하기 위한 자금을 마련하려다가 체포된다. 이 사건의 전말을 알고 있는 두영이 교장에게 항의하지만, 교장은 개인과 사회(단체)에서 적용되는 윤리가 다르다는 논리를 내세운다. 두영의 하숙집 주인 딸들(원옥 · 형옥)이 두영을 사랑하는데, 형옥은 두영과 언니가 서로 좋아하는 사이인 줄 알고 고민하다가 정길에게 그 사정을 털어놓는다. 정길이 점차 두영에게 애정을 느끼고, 인천에서 교원생활을 하는 원옥은 천오상에게 정조를 잃는다. 천오상이 사상문제로 검거되고 원옥도 구속된다. 두영은 재판 과정을 통해 원옥의 태내에 있는 아이가 천오상의 자식임을 알게 된다. 두영은 미국으로 건너가 의학공부를 하며 정길과 자주 서신을 교환하다가 정길과의 연락이 두절되자 서울에 온다. 원옥이 두영의 홀어머니를 모시고 살면서 정길에게 두영과의 관계를 끊으라고 종용한다. 정길은 간호원이 되어 홀로 살겠노라는 결심을 피력한다. 마침내 두영은 원옥을 받아들인다.

위에서 보듯, 이 작품 역시 두영을 정점으로 한 다중의 삼각관계 안에서 모든 사건이 전개된다. (1) '박두영—어용—

최선생', (2) '박두영―원옥―형옥', (3) '박두영―원옥―천오상', (4) '박두영―원옥―김정길', (5) '박두영―김정길―윤계현' 등 다섯 개의 삼각관계가 『불멸의 함성』의 줄거리를 형성하는데, 그 가운데 네 개가 남녀의 애정문제에서 비롯되고 있다.

어용과 두영은 비슷한 처지의 고학생이지만 사상과 행동면에 있어 큰 차이를 드러낸다. 가령 어용은 월사금을 못 내 수업을 거부당하자 "오늘 새 방정식인데 선생님 시간만 마저 듣게" 해달라고 사정한다. 그리고 두영의 도움으로 월사금을 내고 나서 자신의 권리를 당당히 주장하고 나선다. 그 사건으로 인해 학교에서 쫓겨난 어용은 상하이로 잠입할 계획을 세운다. 이 작품은 서두에서 당시 교육기관의 비교육적 행태를 날카롭게 비판하는 한편, 등장인물의 상하이 망명을 암시함으로써 긴장감을 띤다. 그러나 이러한 긴장감은 두영의 불투명한 태도로 순식간에 소멸되고 만다. 그는 어용이 강도 혐의로 체포되자 못내 괴로워하지만, 원옥을 만나는 순간 어용에 대한 생각을 씻은 듯이 잊는다. 강한 민족주의적 성격을 띨 것처럼 보였던 소설이 일시에 통속적 연애소설로 전락하는 것이다. 어용은 결말 부분에 가서야 구세군으로 변신한 모습으로 다시 나타난다.

사회주의자가 작품의 주요인물로 설정된 것은 30년대 소설에서 흔히 목격할 수 있는 특징이다. 그리고 그들은 현 사회의 모순을 척결하고 새로운 세계에의 전망을 제시해줄 잠재력이 있는 긍정적 인물로 표상되는 것이 일반적인 추세였던 것이다. 이 점에 있어서 천오상은 독자의 기대감을 송두리째 박탈한다. 그는 사회의 개조를 위한 어떤 비전도 갖지 못하고, 따라서 "이름만 연명했을 뿐 행동에 철저하지 못한 한개 기분주의자"로 판명되기 때문이다. 더구나 천오상과 원옥이 피검되어 재판을 받는 대목에서도 작가는 원옥의 임신 및 천오상과의 동서(同棲) 사실에만 초점을 맞춤으로써 이 작품에서 사회주의자 천오상은 일개 부속물에 지나지 않음을 분명히 한다. 예컨대 천오상과 원옥이 주고받은 대화의 대부분은 연애문제 혹은 여성의 정조문제와 같은 것이다. 천오상은 이념과 행동을 함께할 동지를 구한다는 명목하에 은근히 감정의 유희를 즐길 뿐 아니라, 끝내 원옥의 육체를 유린한다.

"우리가 오늘과 같은 과정에 있어서 동지끼리 새로운 의식에서 정조니 연애니 하는 그런 죄악적 센치멘탈을 청산해 버리고 할 일 없이 그런데나 책임감을 가질 게 아니라 우리가 향하고 나아가는 커다란 책임 행동 속에서는 가장 자유스럽게 우리의 생리적인 성욕을 과학적으로 처리해

나간다는 것은 결코 풍기문란도 아니요, 방종도 타락도 아니라고 생각합니다. 이제부터 우리는 성문제에 있어서도 새로운 시야와 방법이 있는 것을 인식해야 될 줄 압니다."

　•『불멸의 함성』

　행동에 철저하지 못한 사회주의자 천오상은 애욕의 노예가 되어 원옥에게 혈서를 써 바치고, 두영에게 자신과 원옥의 관계를 과장하여 폭로한다. 뿐만 아니라 사상문제로 검속된 천오상은 "공산주의에 대한 책을 같이 읽어온 것은 물론 내용에 있어 부부생활을 하여왔"다고 거짓 진술하여 원옥을 감옥으로 보낸다. 사회주의자로서의 이념적 치열성이나 행동적 성실성은 전혀 보여주지 않은 채 애정문제에 휘말려 질투에 이성을 잃은 천오상의 행동은 마치 어릿광대의 희극적 행동을 방불케 한다. 사회주의자의 등장으로 무언가 새로운 변화의 조짐이 보이는 듯하지만, 사건이 의외의 방향으로 전개되면서 이 작품은 통속적 연애소설의 성격만 더 확실하게 부각된다.

　두영은 무죄판결로 출소한 원옥을 따뜻이 받아들이려 하지만 그녀는 두영을 거부한다. 실의에 찬 그는 "조선민중에게 뭣보다 요긴하게 사귈 수 있는 기술"인 의학을 배우기 위해서 미국으로 떠난다. 그가 미국행 기선에서 만난 필리핀인과 동서양 문화의 장단점에 대해 토론을 벌이는 대목은 매우 상징적이다. 필리핀도 당시 미국의 식민국가였다는 점에서 이 두 사람의 대화는 중요한 의미를 지닌다. 필리핀 청년은 상하이와 일본을 거쳐 미국으로 가는 중인데 중국인은 일본인보다 미개하고 "극동서 가장 진보됐다는 일본도 역시 명랑하고 번창한 시가지는 모두 구미풍의 문명을 그대로 모방"한 것일 뿐이라고 생각하는 물질문명 예찬자이다. 이에 대하여 두영은 서양의 물질문명과 동양의 정신문명을 대비하면서 그들의 비인도적 야만성을 통박한다. 필리핀 청년도 질세라 "복음을 전하러 간 사람들을 처음에는 당신네 조선에서도 많이 죽였다"며 동양에는 정신문화가 아예 없다고 주장하고 나선다. 이 문제에 대해 두영은 영국의 예를 들어 그의 각성을 촉구한다.

"영국은 중국 민족에게 아편 먹는 것을 가르쳤소. 얼마나 총검으로 죽이는 것보다 무서운 죄악이오. 그러나 영국에선 또 한편으로 술을 먹지 말라, 아편을 먹지 말라 하는 선교사가 건너왔소. 얼마나 모순된 일이오? 그걸 보더라도 정치가 그 나라 문화의 전부가 아니요, 도리어 정신문화와 정치와는 대립돼있다는 것을 볼 수 있는 것 아니오?"

• 『불멸의 함성』

두 사람은 모두 국권을 남에게 빼앗긴 식민지 지식인이다. 그럼에도 필리핀 청년은 주체성을 상실한 채 양키화되어 있는 모습으로 그려진다. 즉 그는 조국의 자유와 민족의 행복을 탈취해 간 미제국주의의 충실한 노예로 전락한 인물이다. 몽매한 필리핀 청년을 깨우치기 위해 두영이 예를 든 나라가 하필이면 영국인 것도 흥미롭다. 영국은 당시 가장 많은 식민국가를 보유한 제국주의의 상징적 존재이기 때문이다. 따라서 이 부분은 작가의 민족의식이 제삼국의 경우를 빗대어 형상화된 것으로 볼 수 있다. 조선과 일본의 관계를 직접 드러내지 않고 제삼국을 끌어들인 이태준의 서사 전략이 돋보이며, 그로 인해 작가의 민족주의 사상이 문자화될 수 있었던 것이다. 다시 말해 이태준은 고도의 서사적 전략을 구사함으로써 일제의 검열에서 자유로울 수 있었으며, 눈 밝은 독자들은 충분히 작가의 의도를 간파할 수 있었을 것으로 보인다. 두영의 설득력 있는 주장에 감복한 필리핀 청년은 비로소 자국민의 불우한 처지를 인식하고 서로 굳은 악수를 나누며 눈물을 흘린다.

두영은 하와이에 도착하여 몇 시간 머무는 동안 식민지 지식인으로서의 비애를 절감한다. 그는 다른 승객들과 달리 상륙을 허락받지 못하는데, 그 까닭을 선원은 다음과 같이 설명하고 있다. 즉 "당신만에게라면 좀 어폐가 있습니다만 배

규칙으로 좀 곤란합니다. 자기 나라 영사관과 같이 신용할 수 있는 관청에서 신분 기타를 보증하지 않는 분은 배에서 책임지고 상륙시키기가 곤란"하다는 것이다. 그리고 두영이 코리언애쏘시에슌의 보증을 받겠다고 하자 "코리언애쏘시에슌? 우리는 거길 신용할 수가 없으니깐요"라는 비웃음만 살 뿐이다. 그들의 논리에 따르면 조선인은 조선 국민도 일본 국민도 아니므로 제도적 보호 대상에서 제외되는 존재이다. 이런 우여곡절 끝에 그는 코리언애쏘시에슌의 동포들의 도움으로 하와이에 상륙한다. 거기서도 두영은 가슴 아픈 체험을 하게 된다. 머나먼 이국에서도 동포끼리 단결하지 못하고 서로 헐뜯고 비방하고 조소하는 태도를 목격[23]한 것이 그것이다.

　미국으로 가는 배 안에서 민족주의가 강조되었던 이 작품은, 공간배경이 미국으로 옮겨진 뒤 두영과 정길의 사랑타령으로 전환하면서 작품의 통일성이 깨지고 통속적 연애소설로 추락한다. 또한 두영이 완전히 귀국한 것은 아닐지라도 고학생의 신분으로 방학 중에 귀향한다는 것은 개연성을 인정받기 어려운 상황설정이다. 이것은 이 소설의 표제가 설치한 덫에 빠진 결과로 판단한다. '불멸의 함성'이란 표제의 내포를 의식하고 그 의미를 찾아내려는 노력은, 적어도 이 작품을 통해서는, 부질없는 도로에 지나지 않는다. 이 작품에서 '불멸의 함성'이란 술어는 두영이 도쿄에서 돌아와 순회 강연을 하며 행한 연설의 제목으로 사용되는 데 그치고 있다. 그것도 강연의 구체적 내용은 명시되지 않은 채 그저 "군중들이 폭탄과 같은 박수와 갈채"를 보냈다는 식으로 서술될 뿐이다. 당시의 시대적 상황을 고려하더라도 이것은 지나치게 단순한 발상이 아닐 수 없다. 사실 이런 점 때문에 상허 소설에는 사상성이 결여되어 있다는 지적이 제기되지만, 작품의 표제로 삼을 만큼 의미를 부여하고자 한 의도에 비하여 내용이 너무 허술하다는 비판을 모면하기 힘들다. 결국 '불멸의 함성'은 작가의 심중에서만 메아리쳤을 뿐 독자의 귀에는 전혀 전달되지 않았던 것이다.

다른 장편에 비해 구성이나 인물 설정면에서 특징적인 점이 많은『불멸의 함성』이 오히려 가장 통속적인 연애소설로 귀결되었다는 것은 못내 아쉽다. 이 소설이 긴장미가 뛰어나다는 사에구사 도시카스(三枝壽勝)의 지적도 이것을 연애소설로 파악하고 있기 때문에 가능한 것이다. 세 명의 여인이 한 남성을 사랑하는 복잡한 삼각관계, 그리고 천오상이라는 사회주의자의 등장 및 주인공의 미국으로의 진출 등 소설적 재미를 누릴 수 있는 요소를 두루 간직한『불멸의 함성』은, 소설의 재미와 사상을 결합시키는 데까지 나아가지 못한 한계를 보여준다. 미국으로 가는 배 안에서 필리핀 청년의 몽

매를 일깨우던 주인공이 정작 미국에서의 생활 가운데 대부분을 연애편지 주고받는 일에 소모하고 있는 것은 주제의 파탄을 드러내는 부분이다. 더군다나 어머니를 모시고 며느리 행세를 하고 있는 원옥을 받아들이는 듯한 인상을 주며 끝맺는 결말은 개운치 않은 뒷맛만 남겨준다. 연애문제에 있어서나 민족주의 정신의 발현에 있어서나 어느 하나 명쾌한 결말을 드러내지 못한 이 소설은 결국 통속적 연애소설의 범주에서 벗어나지 못하고 있다. 그러나 원옥과 정길을 대비시켜 여인상의 전형을 창조하려 한 노력이라든가, 조선인의 사상과 행동을 역설하고 있는 점 등은 이 작품에서 긍정적으로 평가할 수 있는 요소들이라 할 수 있다.

이상에서 살펴본 바와 같이 『불멸의 함성』은 남녀 주인공의 삼각관계가 주축이 된 통속적 연애소설이다. 이 작품의 남주인공이 고학생으로 설정된 것은 상허 장편소설의 주인공이 대부분 고아인 것과 비슷한 맥락에서 이해할 수 있다. 그가 연애에 실패한 뒤 민족과 사회에 보다 많은 관심을 기울이게 되는 것도 상투적 수법의 재탕이다. 이 작품에서 가장 주목되는 것은 원옥과 정길이라는 대조적 성격을 가진 여인이 창조되었다는 점이다. 특히 정길은 이태준이 창조한 긍정적이고 미래지향적인 여성이라는 점에 유의할 필요가 있다. 그러나 『불멸의 함성』의 남주인공은 민족과 사회문제에 관심을 기울이기보다 애정문제에 더욱 집착함으로써 작품이 통일성을 잃고 말았다.

『성모』와 『청춘무성』에 나타난 여성의 사회의식

『聖母』와 『靑春茂盛』 역시 남녀의 삼각관계가 사건의 중심을 형성한 점에서는 여타 장편소설과 다를 게 없다. 그러나 이들 작품에서 주목되는 것은 남녀 주인공들의 연애문제보다도 여성의 사회진출 문제라든지 사생아·여급 등 사회에서 버림받은 존재들에 대한 관심이 폭넓게 반영되어 있다는 점이다.

『성모』의 줄거리는 다음과 같다.

서울에 유학온 순모는 김상철의 구애를 받는다. 하지만 그녀와 한방을 쓰는 덕인의 집요한 방해로 두 사람의 관계는 극도로 악화된다. 덕인이 상철의 품에 안겨 있는 것을 목격한 순모는 홧김에 박정현을 찾아가 마침내 동거를 하기에 이른다. 화가로 성공하려는 야심을 가진 정현은 궁핍한 살림에 염증을 느낀데다가 순모가 처음부터 자신을 사랑한 게 아니라는 생각에 윤부전의 유혹을 받아들인다. 순모는 정현이 일본으로 떠난 뒤 임신했다는 사실은 알고 번민 끝에 아이를 낳아 키우기로 결심한다. 뒤늦게 이 소식을 알게 된 상철이 순모와 아이를 함께 맞아들이겠다고 하지만 그녀는 단호하게 그 제안을 뿌리친다. 아들(철진)을 자기 호적에 입적시킨 순모는 "제일 이상적인 어머니, 제일 현명한 조선의 어머니"가 되리란 포부를 실천해나간다. 철진은 성장하여 중국으로 망명하고 순모와 경옥(상철의 딸)은 철진을 기다리며 새로운 삶을 계획한다.

이 소설의 전반부는 남녀 주인공들의 연애사건이 중심축을 형성한다. 그러나 순모가 정현에게서 버림받은 뒤 독립적 인격체로 정립하는 후반부는 여성이 겪는 가정적 · 사회적 푼대접을 밀도 있게 다루고 있어 여타 소설과 변별된다. 또한 그것은 부모의 자식에 대한 교육문제와 밀접한 연관을 맺고 있어서 전근대적 가정제도 전반에 관한 비판으로도 읽힌다.

과거의 가정제도는 철저한 부권우월주의가 지배하는 것이었고 따라서 "딸자식이란 나면서부터 정신상으로는 부모가 없는 고아"나 다름없는 존재였다. 이런 남녀 차별의식은 비단 딸에게만 정신적 상처를 입히는 것이 아니라 아들마저 무능한 인물로 퇴화시킨다는 데 문제의 심각성이 존재한다.

아들과 딸을 차별한 것은 그것이 근본적으로 자식에게 대한 의무와 기대가 틀렸기 때문에 의식적으로 위하지 않은 딸에게는 물론이요 의식적으로 위한답시고 한 아들에게도 마찬가지의 악 결과를 주어온 것이다. 다시 말하면

아들을 위한다는 그 사랑이 정말 그 아들의 인간으로서의
완성을 북돋아주는 힘이 되지 않았고 가장 몽매한 동물적
인 사랑으로서 노예와 같이, 그렇지 않으면 의사나 간호부
처럼 자기네가 늙어 죽을 때까지 자기네의 앞을 떠나지 말
고 자기네를 보호해 주고 자기네를 파묻어 주고 제사를 잘
지내고 산수나 잘 지키기를 바라는 데 모든 희망과 기대를
두어 온 것이다. 그 외에 민중을 위해서 어떻게 하라거나
사회를 위해서 어떻게 하라는 훈련은 근대의 조선의 아들
들에겐 애초의 희망부터 두지를 않았다. "공연히 사회에
나가 떠드는 것은 객적은 일이다. 네 부모부터 섬기고 네
집 감당부터 충실히 하여라"하는 투로 제 한집안 안에서만
무사하면 언제까지나 세상은 무사태평할 줄로 믿어왔다.
그래서 자기네 사회나 민족을 모욕하는 자리에서는 얼굴
한 번 붉힐 줄 몰랐으나 자기네 부모를, 아니, 썩어진 뼈다
귀라도 자기네 조상을 욕하는 데서는 목숨을 내놓고 들이
덤빈 것이 근대의 조선의 아들들이었다.

　　•『성모』

　효를 앞세운 구세대 가정교육의 폐단을 예리하게 지적한
위 인용은 부모가 자식을 자기 개인의 소유물로만 인정하고
사회나 국가의 소유인 사실을 생각지 않았기 때문에 정작 사

회에 필요한 인재를 발굴하기가 어렵다는 인식이 밑바탕에 깔려 있다. 수신(修身)과 제가(齊家)를 달성한 뒤에야 사회 참여가 가능했던 주자학적 가치관이 근대사회에서 더 이상 미덕으로 기능할 수 없다는 반성이 전제되어 있는 위 주장은 바로 신세대 청년층의 의식이 바뀌고 있다는 증거이기도 하다. 그들은 부모 세대를 불신한다. 왜냐하면 부모 세대들은 "과거에 사회를 위해서 한 일이 없는 것처럼 장래에도 아무것도 없을 사람"들이기 때문이다. 민족과 국가의 미래가 후세의 교육에 달렸다는 '교육론' 혹은 '준비론'의 연장이다.

순모는 아들을 자신의 호적에 입적시켜 키운다. 평생 사생아란 오명을 쓴 채 살아갈 아들을 생각하면 가슴 아픈 일이었으나 그녀는 누구의 도움도 받지 않고 훌륭히 길러내겠다는 결심으로 아들에게 자신의 성(姓)을 주었던 것이다. 그녀가 아들(철진)의 정상적인 교육을 위해 기울이는 정성은 제목이 암시하는 것처럼 성스러운 면이 많다. 철진이 유치원에 들어갈 나이가 되자 그녀는 사무실에 결근을 하고 유치원을 몇 군데 돌아본 뒤 의분을 느낀다. 소위 유치원이란 곳에서 아이들에게 가르치는 동요가 "엄마 엄마 왜 울우 보선 깁다 왜 울우"와 같은 청승맞은 노래인데다가, 보모들이 "흰 삼팔 저고리에 검은 세루 치마"를 입고 아이들의 때문은 손이 닿

을세라 송충이 피하듯 하는 광경을 보았기 때문이다. 무심히 지나칠 수 있는 일에도 그녀는 민감하게 반응한다. 이런 적극적인 관심과 사랑을 받으며 철진은 심지가 굳은 청년으로 성장한다. 그녀는 "철진의 지식이나 학문이 아니라 그의 감정만은 자기가 바라고 싶은 대로 인도"하려 노력한다.

전문학교에 진학한 철진은 상철의 딸 경옥에게 연정을 품는다. 이런 낌새를 눈치챈 순모는 자신의 경험에 비추어 연애의 해악성을 역설한다. 한창 학업에 열중하고 민중과 사회에 관심을 기울여야 할 학생시절의 연애는 그를 개인주의자·이기주의자로 구속할 뿐이라는 것이다.

> "내가 너같이 소년두 아니구 아직 청년두 아닌 때 너무 일르게 연애를 했었어…… 너한테 부끄러우나 너를 위해서 솔직한 고백이야…… 자기의 주의 주장이 설 때까지, 자기의 인생관이 확고하게 서기 전까지는 망신만 하고 말기 쉬운 게 연애다. 또 내가 일찌기 주의 주장이 서서 연애에 성공했다쳐도 그랬드래두 너를 그렇게 일찌기 연애에 빠지게는 하구 싶지 않어. 왜 그러냐 하면 연애는 젊은이의 활발한 사회적 진취성을 구속해…… 연애하는 사람치고 개인주의자 이기주의자 아닌 사람이 드문 거야……"
>
> •『성모』

서구사상과 함께 수입된 자유연애주의의 폐단은 사회문제로 비화되기도 하였거니와, 대중에게 인기 있는 연애소설에서 연애의 문제점을 지적하는 것은 시사하는 바가 많다. 연애가 개인의 사회적 진취성을 구속하고 가정에 얽매이게 한다는 그녀의 주장에는 어폐가 있어 보이지만, 연애지상주의의 왜곡된 시대풍조에 대한 날카로운 경종이라는 의미에서는 개연성과 설득력이 충분히 인정된다. 순모는 아들의 정상적인 연애감정을 억누르려는 게 아니라 그가 우선적으로 관심 기울여야 할 대상이 '민중'이라는 점을 주지시키려는 것이다. 이러한 어머니의 설득에 철진은 옥경과 평생의 동지로서 지낼 것을 약속한다.

　철진은 학교에서 비밀결사조직의 중요 책임자로 활동하다 관헌에게 적발되어 중국으로 망명하게 된다. 아들이 언젠가는 먼 하늘로 비상하여 자신의 품을 떠날 것이라고 생각했던 순모로서도 뜻밖의 일이었지만 그녀는 편안한 마음으로 아들을 배웅한다. 순모가 아들을 떠나보내며 취한 행동은 말 그대로 '성모'(聖母)의 전형이다.

　"그리구 어머니? 이걸……"
　철진은 그 붉은줄 봉투를 봉한 채 어머니에게 내밀었다.
　"뭐냐 이게?"

"돈인데 좀 여유가 있다구 그 사람이 어머니 좀 디리구 오랬어…… 안 받을래니깐 자꾸 넣어 주길래……"

어머니의 성미를 아는지라 철진은 어머니의 눈치부터 슬금슬금 보노라고 말끝이 똑똑지 못하였다.

"무슨 어리석은 짓이냐?"

순모의 말소리는 서릿발 같았다.

"……"

"내가 거진 줄 아니? 거지라두 그렇지 공공한 돈을 왜 너나 그 사람이나 한푼인들 사사에 쓴단 말이냐? 너흰 도적놈이 되구 이 에민 거지가 되구 무슨 꼴이란 말이냐."

"도루 가져가겠어요 그럼."

철진은 더 여러 말 없이 그 돈뭉치를 중국옷 주머니에 넣고 말았다.

"명심해 너 한 푼이라두 사삿일에 소비해선 도적이야."

• 『성모』

자식에게 약한 모습을 보이지 않는 한편, 혹시 자식이 그릇된 행동을 할까 염려하는 모성이 강하게 부각되고 있는 대목이다. 그녀는 쌀값으로 마련해둔 돈을 철진에게 건네기까지 한다. 이처럼 이 작품의 주인공들은 이태준의 장편 가운데 가장 진취적이고 미래지향적인 인물로 그려진다. 순모는 소설의 표제가 암시하는 바대로 현실이 꼭 필요로 하는 여성이며 조선의 성스러운 어머니로 표상된다. 철진은 사생아의 신분적 제약을 극복하고 조국과 민중을 선도해나갈 영웅적 존재이며, 옥경 역시 형극의 길에 동참하여 신여성의 사회적 역할을 다짐하는 긍정적 인물로 성격화되어 있다. 순모가 연애에 실패한 뒤 자신의 삶을 개척해나간다는 상황 설정은 다른 장편소설과 다를 바 없지만, 그녀의 새 삶이 구체적 결과로 제시되어 있어 작가의식이 점차 성숙되고 세련되어가는 감을 느끼게 한다.

이 작품의 주인공 안순모는 작가가 창조한 인물 가운데 가장 성격이 뚜렷한 인물이며 시대를 앞서가는 여성상이다. 그녀는 자신의 불행한 처지에 좌절하지 않으며 사회의 편견과 잘못된 관습에 항거하면서 자신의 이상을 실현해나간다. 남성위주의 봉건적 사회관습에 굴복하지 않은 채 사생아인 아들을 민족주의자로 양육한 안순모란 여성상의 창조는 근대 이후 우리나라 여성이 추구해야 할 가치관과 행동양식을 제시했다는 점에서 큰 의의가 있다.

『청춘무성』은 남주인공 원치원이 학교를 그만둔 뒤 수리사업과 광산개발로 재산을 축적하여 사회에 환원하는 내용을 담고 있는데, 두 여성이 그의 주변에서 때로는 그를 좌절하게 하고 때로는 그의 용기를 부추기기도 하는 등 표면적으로는 진부한 연애소설의 양상을 띤다.

 신학을 전공한 청년 목사 원치원을 고은심과 최득주가 사모한다. 최득주는 어려운 집안 사정 때문에 카페에 나가는 처녀이다. 그녀는 치원과 은심 사이를 질투하여 치원을 학교에서 쫓겨나도록 모함한다. 득주의 계략에 속은 은주는 미국에 있는 사촌의 소개로 쪼오지·함이란 교포 청년을 소개받아 미국에 간다. 중간에 도쿄에 들른 그녀는 우연히 치원과 조우한다. 두 사람의 오해는 풀리지만 쪼오지·함이 개입함으로써 어색한 관계가 된다. 두 사람의 관계를 짐작한 쪼오지·함은 선선히 물러선다. 치원은 자신이 쪼오지·함에게 정신적으로 패배당했다는 생각으로 은심을 단념하고 조선에 돌아온다.

 이 소설은 선생과 학생 간의 애정을 소재로 하고 있어 연애소설의 통속적 흥미를 더욱 증폭시킨다. 득주가 카페 여급으로 나가는 학생으로 설정된 것은 당시 사회상을 반영해 독자의 관심을 끌기에 충분한 전략으로 보인다. 쪼오지·함이라는 미국 교포 청년을 등장시킨 것도 이런 측면에서 이해할 수 있다. 이 네 남녀가 벌이는 사랑다툼은 후반부에 가면서 진실한 우정으로 승화되고, 오히려 치원과 득주의 사회사업이 초점화되는 등 계몽성이 더욱 강조된다.

 집안 사정으로 카페의 여급이 된 득주는 동료가 사생아 문제로 고민하는 것을 보고 돈을 벌어 그들을 돌보아주리라 결심한다. 그리하여 득주는 윤천달에게 몸을 허락한 뒤 그의 수표책에서 십만 원을 빼내려다 발각되어 구속된다. 정당한 목적을 위해서는 수단을 가리지 않겠다고 마음먹었던 그녀는 자신의 생각이 잘못되었다는 것을 깨닫고 묵묵히 수형생활을 감내한다. 그녀의 출옥을 누구보다 반긴 사람은 원치원인데, 그는 도쿄에서 은심과 이별한 뒤 금광개발에 뛰어들었다가 자본의 부족으로 어려움을 겪고 있다. 원치원의 사정을 안 득주는 형무소에서 노역을 한 대가로 받은 임금과 다시 카페에 나가기로 하고 받은 돈을 합하여 백 원을 마련해준다. 치원은 그 돈을 모두 광산에 투자하지만 낙반사고로 모든 것을 잃는다.

금광사업에 일단 실패한 그는 우연히 양구 마을의 지세가 수리사업에 적합함을 발견하고 관청에 사업허가를 신청한다. 관청에서도 그의 계획이 타당하다는 것을 인정하여 전주를 물색해주어 간난신고 끝에 수리사업에 성공한다. 그는 전주에게서 우선 오십만 원을 융통하여 그중 십만 원은 득주에게 주고 자신은 다시 금광개발에 전재산을 투자한다. '치은금산'은 하루에 육천 원의 거금을 치원에게 안겨줄 만큼 대성공을 거둔다. 그는 광산에서 나온 이익금을 모두 사회에 환원하는데 그 방법이 매우 독특한 것이었다.

"누구든지 좋다. 자기이상(自己以上)을 위해 꿈이 있는 청년이면 오라. 그대의 꿈이 진실하기만 하면 그 꿈을 실현시키는 돈은 내가 대마."

이것이 '치은금산' 주 원치원의 선언이었다.

꿈많은, 창백한 인텔리들은 구주를 만난 듯 모여 들었다. "조선에 영화제작(映畵製作)이 긴급합니다" 역설하는 청년, 그의 영화계획안(映畵計劃案)이 진실하다 인정만 되면 십만 원이라면 십만 원, 이십만 원이라면 이십만 원을 내어 주었다. (……) 치원은 어느 기관에도, 사장(社長)이나, 관장(館長)이나, 이사장(理事長) 자리에 자기의 이름을 앉히지 않았다. 최고(最高)의 자리에는 그 사업의 꿈의 주인, 최초의 발안자(發案者)를 앉히었고, 자기는, 이사(理事)의 한사람으로만 자격을 가질 뿐이었다.

• 『청춘무성』

다소 허황된 느낌을 주지만 통속 연애소설이란 장르적 특성을 감안하면 작가의 의도가 무엇인지 쉽게 짐작되는 대목이다. 소설의 주인공 원치원은 당시 우리 민족이 자본을 마련하기 위해서는 금광개발에 뛰어들거나 수리사업에 관심을 가져야 한다는 점을 통찰하고 있었다. 민족자본을 형성하는 길이야말로 우리 민족을 부강하게 하는 첩경이며 나아가 일제에 항거할 수 있는 기틀을 마련할 수 있다는 인식이 내재해 있는 것이다. 우리는 이미 「영월영감」을 통해 이러한 작가의 현실인식을 살펴본 바 있다.

『성모』와『청춘무성』은 시대의 전형적 여인상을 창출해내고 그들로 하여금 사회사업에 투신하도록 하였다는 점에서 긍정적 의의를 찾을 수 있다. 특히『성모』의 안순모는 이태준이 창조한 인물 가운데 가장 개성이 강한 여인상으로, 앞서 다룬『제이의 운명』의 심천숙과 남마리아,『불멸의 함성』의 김정길 등이 지닌 긍정적인 성격이 총체화된 인물로 부상한다. 이 작품들에서 주목되는 것은 남녀 주인공의 애정문제가 사회적 관심에 밀려 부차적인 것으로 취급된다는 점이다. 다시 말해 이 작품들도 연애소설의 구조를 따르고 있지만, 정작 중요하게 다루어진 것은 여성들의 사회적 역할에 관한 문제제기이다. 안순모 · 최득주 등은 연애에 실패한 뒤 자아를 발견한다. 그들은 개인의 문제보다 민족과 사회의 문제에 더욱 많은 관심을 기울이며 자신의 이상을 실현해나간다. 이런 점에서 이 두 작품은 '결정적 이니시에이션 소설'에 속한다고 본다. 또한 이태준 장편소설의 한 특징인 페미니즘적 요소가 매우 강하게 반영되어 있기도 하다.

『성모』,『청춘무성』은 신문 연재소설의 특징을 적절히 이용하여 소설적 재미를 한껏 살리는 한편, 통속성을 어느 정도 극복함으로써 본격 장편소설의 한 유형을 제시하였다는 데에 이 두 작품이 갖는 각별한 의미가 있다.

해방 후 이태준 소설

자기비판과 방향전환―「해방전후」, 『소련기행』

　1945년 8월 15일부터 약 3년간에 걸친 기간은 우리 근대
사에서 가장 정치적 성향이 강한 시기였다. 당시 우리 민족
이 해결해야 할 가장 긴급한 과제는 자주적 민족독립국가의
건설, 철저한 토지개혁을 중심으로 한 반봉건적 제관계의 타
파, 식민지적 통치기구의 해체 등 이른바 반제·반봉건의 과
제라는 정치적 성격을 띤 것이었다. 새로운 역사를 지향하는
민족 전체의 이념과 지표가 미처 합의되지 않은 상태에서 백
가쟁명식으로 표출된 사상·이념 혹은 구호는 당시의 정세
와 사회적 분위기를 더욱 혼미한 상태로 몰아넣었다. 이와
같은 국민적 분열과 사회적 혼란이 구체적 형태로 드러나기
도 전에 정치적·이념적 성격이 강한 단체를 결성한 것은 좌
파계열의 '조선문학건설본부'(이하 '문건'으로 줄임)였다.

임화 · 김남천 · 이원조 등 과거 카프(KAPF, 조선프롤레타리아예술가동맹)의 소장 맹원들은 일제하 대표적인 친일 어용단체였던 '조선문인보국회' 자리에 '문건'의 간판을 내걸면서 앞으로 전개될 상황변화에 적극 대처할 거점을 마련했던 것이다. '문건'은 곧이어 '조선문화건설중앙협의회'(이하 '문협'으로 줄임)로 명칭을 바꾸면서 일제하 순수문학 진영의 대표격이었던 이태준을 포섭한다. 이 부분에 대한 이태준의 회고는 「해방전후」에 상세히 기술되어 있다.

현은 십칠일날 새벽, 뚜껑 없는 모래차에 모래 실리듯한 사람 틈에 끼여, 대통령에 누구, 육군대신 누구, 그러다가 한 정거장을 지날 때마다 목이 터지게 조선만세를 부르며 이날 아침 열시에 열린다는 건국대회에 미치지 못할까 보아 초조하면서 태극기가 휘날리는 열광의 정거장들을 지나 서울로 올라왔다. (……)

현이 더욱 걱정이 되는 것은 벌서부터 기치를 올리고 부서를 짜고 덤비는 축들이, 전날 좌익작가들의 대부분임을 알게 될 때, 문단 그 사회보다도, 나라 전체에 좌익이 발호할 수 있는 때요, 좌익이 제멋대로 발호하는 날은, 민족상쟁 자멸의 파탄을 일으키지 않을까, 하는 위험성이었다. 현은 저 자신의 이런 걱정이 진정일진댄, 이러고만 앉았을

때가 아니라 생각되어 그 '조선문화건설중앙협의회'란 데
를 찾아갔다.

· 「해방전후」

작중인물 현은 작가 자신의 분신으로 보아도 무방하다. 왜
냐하면 이 작품의 부제가 '한 작가의 수기'로 되어 있고, 이
태준의 소설에서 현이란 인물이 등장하는 것은 대부분 작가
의 자전적 요소가 강하게 반영된 작품들이기 때문이다. 인용
문을 통해 알 수 있는 정보는 이태준이 8월 17일에 상경했다
는 것과, '문협'의 발호로 나라 전체가 혼란에 빠지고 마침내
는 "민족 상쟁 자멸의 파탄"으로 치닫지나 않을까 우려하는
이태준의 태도이다.

현은 강원도 안협에서 이른바 "기인여옥"(其人如玉)이라
할 김직원을 만나게 되는데, 그는 "기미년 삼일운동 때 감옥
살이로 서울에 끌려"왔던 지사로서 "창씨를 안하고 견디는
것은 물론, 감옥에서 나오는 날부터 다시 상투요 갓"을 고집
하는 전형적인 선비이다. 또한 그는 현과 시국을 논하는 자
리에서 "그전대로 국호도 대한, 임금도 영친왕을 모셔내다
장가나 조선부인으로 다시 듭시게 해서 전주이씨 왕조를 다
시 모셔보구 싶"다는 개인적 희망을 피력할 만큼 구제도(舊
制度)의 유습을 그리워하는 봉건적 지식인이기도 하다.

이태준은 「해방전후」에서 김직원과 현 사이의 논쟁을 상세하게 기술하고 있는데, 이는 김직원과 같은 구지식인에 대한 애정과 연민에서 비롯된 것으로 보인다. 여기서 김직원의 모델이 누구인가를 확신할 수 없지만, 이동진의 회고에 따르면, 이봉하[24]였을 가능성도 배제할 수 없다. 임정파로 철원군 자치위원장이었던 이봉하는 "암살 지령이 내려져" 월남했는데, 이태준과 사상적으로 상당한 갈등이 있었다고 한다.[25] 당시 이봉하가 사회주의 운동가들과도 연계가 있었다는 이동진의 진술을 신뢰한다면, 이봉하는 결코 김직원의 모델이 될 수 없다. 김직원은 사회주의자나 근대주의자가 아니라 복벽주의자로 그려지고 있기 때문이다. 그러나 소설 속 인물과 그 모델의 성격이나 가치관이 반드시 일치해야 하는 것은 아니다. 또한 이봉하가 사회주의자들과 교분이 있었다면 이태준과 사상적으로 갈등을 일으킬 이유가 없다. 그리고 이봉하 사후 대통령 표창이 수여된 것으로 보아, 그가 사회주의자였을 가능성도 희박하다. 대통령 표창이 수여된 때는 반공주의를 '국시'로 여겼던 시대였기 때문이다. 그렇다고 이봉하가 소설 속 김직원처럼 완맹한 고집쟁이였다고 보기도 힘들다. 김직원의 모습 속에는 강직한 선비적 기질과 함께 시대 흐름에 역행하는 복벽주의자의 고집이 뒤섞여 있다. 이태준은 김직원이란 인물을 통해 구시대의 가치관과 사상으로는 급변하는 현실을 올바른 방향으로 향도하기 어려움을 말하고자 한 것으로 보인다. 「해방전후」에서 현과 김직원의 대립이 다소 극단적 구조로 진행되는 것도 이런 사정과 관련된다.

이태준은 해방 후 우리 문학의 나아갈 방향을 거론하는 자리에서 (1)계몽적 작품의 중요성 (2)역사소설의 신전개 (3)아동문학에의 포진 (4)신인들에 대한 기대를 주장하고 있으며, '문협'의 노선 또한 문학의 계몽성에 상당한 비중을 둔 바 있다. 이태준이 제시한 네 가지 사항은 그가 당시를 새로운 문학이 발흥해야 할 중요한 시기로 인식하고 있었음을 시사한다. 다시 말해 그의 주장은 예전의 문학 모두를 괄호 안에 넣고 새로운 세계관과 현실인식을 토대로 하여 과거와는 전혀 다른 문학을 창조해야 한다는 것으로 요약된다. 특히 그가 마지막 항목에서 신인들에 대한 기대가 각별하다고 한 것은 해방 후 지식인들 사이에서 벌어진 자기비판 행위와도 밀접한 상관성을 지닌다. 그는 "이미 생활의 기반이 고정 되어버린 40대 이상 작가들에겐 그 생활의 비약을 바라기 어려"우며, 어떤 새로운 문학을 기대하기 곤란하다고 단언한다. 그때 이태준의 나이가 사십대 초반이었던 점을 감안하면 그의 주장은 곧 적극적인 자기비판에 다름없는 것이었다는 사실을 알 수 있다. 일제시대에 친일적 행위를 한 일부 문인들의 자기비판 문제에 대하여 이태준이 취했던 자세는 매우 완강했다. 다음의 인용은 그 문제에 대한 이태준의 태도가 대단히 공격적이고 감정적이기는 해도 문제의 핵심에 어느 정도 근접해 있음을 알게 한다.

이태준이 발언한 말로서 "일본놈 때도 출세를 하고 해방되어서도 또 선두에 나서려 하다니…… 이럴 수가 있느냐"고 하면서 그런 분자들을 빼지 않으면 자기네는 이 준비위에 참석할 수 없다고 잘라서 말하였다. 그리고 면전에서 Y씨와 L씨가 지적되었다. 그때 Y씨가 한 말이 "정치인들에 비기면 우리 문학인들이 한 일은 아무 것도 아닙니다. 그러나 다들 의사가 그렇다면 물러가지요"하고 퇴장을 하겠다는 의사를 표시했다.

• 백철, 『문학자서전』

나는 8·15 이전에 가장 위협을 느낀 것은 문학보다 문화요 문화보다 다시 언어였습니다. 작품이니 내용이니 제2 제3이요 말이 없어지는 위기가 아니었습니까? 이 중대간두에서 문학 운운은 어리석고 우선 말의 명맥을 부지해가야 할 터인데 어학관계에 종사하는 분들은 검거되고 예의 홍원사건 아닙니까? 학교에서 교편을 잡고 있는 분들은 직업을 잃고 조선어의 잡지 등 신문 문화 간행물은 거의 없어지게 되었습니다. 어디서 조선문화를 논할 여지조차 있었습니까? 그런데 이 시점엔 소극적으로나마 관심을 갖지 않고 도리어 조선어 말살정책에 협력해서 일본말로 작품활동을 전향한다는 것은 민족적으로 여간 중대한 반동이 아니었다고 봅니다. 그러므로 나는 같은 조선작가로 최후까지 조선어와 운명을 같이 하려 하지 않고 그렇게 쉽사리 일본말에 붓을 적시는 사람을 은근히 가장 원망했습니다.

　• 이태준 외, 「문학자의 자기비판」

위 인용을 통해 우리는 이태준을 비롯한 당시 지식인들이 과거 친일행위에 대해 어떤 시각을 가지고 있었는가를 알 수 있다. 이태준은 소극적으로나마 친일행위를 한 사람은 철저히 자기반성을 해야 한다고 주장한다. 이른바 '봉황각좌담회'라 불리는 '문학자의 자기비판'에서도 이태준은 직접 김사량을 거론하고 있지 않지만, 발언 내용을 주의 깊게 분석해보면 그 대상이 김사량이라는 사실은 명약관화하다. 그러나 우리의 주목을 끄는 것은 이태준의 이와 같은 발언이 임화의 말 뒤에 이어졌다는 점에 있다. 임화가 "남은 다아 나보다 착하고 훌륭한 것 같은데 나만이 가장 나쁘다고 감히 긍정할 수 있어야만 비로소 자기를 비판할 수 있"을 것이라고 말하자 그 자리에 참석한 모든 사람이 동감을 표시한다. 따라서 임화의 자기비판의 기준에 동조했던 이태준이 유독 김사량을 꼬집어 그의 허물을 지적하고 나섰다면 그것은 이율배반적 행동이라고 말할 수밖에 없다. 그러므로 이태준의 강경한 발언 이면에는 일제시대에 일어로 창작하거나 시국과 관련된 글을 썼던 모든 문인들의 철저한 반성을 촉구하려는 의도가 강하게 반영되어 있는 것으로 보아야 한다. 그리고 그 말 속에는 자신의 행위에 대한 반성의 의미도 당연히 포함된다고 보는 게 합리적이다. 어떤 의미에서 일어로 창작하는 것보다는 우리글로 일제에 영합하는 글을 쓰는 행위가 더욱 반민족적일 수 있기 때문이다. 일어로 창작된 작품의 독자는 최소한 일어를 해독할 능력이 있는 사람들로 한정되지만, 우리글로 쓰여진 시국과 관련된 글은 한민족 대부분을 대상으로 한다는 점에서 그 파급효과는 더욱 클 수밖에 없다. 이 경우 이태준이 이무영과 함께 『대동아전기』를 번역하고 일어로 「제1호 선박의 삽화」를 쓴 일도 비판되어야 마땅하지만, 불행하게도 위 좌담회는 이태준과 김사량의 의견대립을 예각적으로 드러낸 것 같은 분위기에서 종결되고 말았다. 앞서 지적한 것처럼 이태준이 자신을 비롯한 40대 이상의 기성문인들에게 더 이상 기대할 것이 없다는 투로 말한 것에 유념한다면, '봉황각좌담회'에서의 발언이 자신의 부끄러운 행적을 호도하기 위한 과장된 제스처로 이해될 수는 없는 것이다. 이태준이, 일제 말기에 붓을 꺾고 침묵을 지키기보다는 "우리 민족에게 해독을 끼치지 않을 정도로는 조선어를 한마디라도 더 써서 퍼뜨린 편이 나았다"고 한 말 속에는, 일제의 침략전쟁행위를 예찬한 글을 번역했던 자신의 행적에 대한 반성적 태도가 개입되었다고 해석하는 편이 보다 적절하리라 생각한다.

'봉황각좌담회'가 중요하게 인식되는 또 다른 이유는, 참석자들 사이에 오고간 단편적인 이야기들이 「해방전후」에서현이 김직원을 계몽하는 중요한 논거로 이용되고 있다는 점이다. 가령 '대의명분론'이라든지 해외파와 국내파에 관한현과 김직원 사이의 의견대립이 그 대표적 예에 해당한다. '봉황각좌담회'에서 이태준이 대의명분론의 허구성을 지적한 뒤 현재로서는 택민론(澤民論)의 정신을 고취시킬 필요가 있다고 하자 이원조가 이에 찬동하는 견해를 밝힌다. 이원조는 택민론의 의의가 "자기반성에 출발하야 결국은 실천에 있으리라"고 해석하고 있는 것이다. 대의명분론을 정치문제로 전환하여 해외파에게 정권을 맡기는 것이 부당하다는점을 지적한 이는 임화이고, 한설야와 이태준 역시 임화의의견에 동참한다. 좌담회 석상에서 가볍게 주고받은 이야기를 작품에 형상화했다는 것은 이태준이 이 문제를 매우 심각하게 받아들였다는 증거로 볼 수 있다. 가령 현은 "군자는 불처혐의간(不處嫌疑間)"이어야 한다는 김직원의 말에 다음과 같은 논리로써 자신의 견해를 분명히 한다.

나리들과 임군들 놀음에 불쌍한 백성들만 시달려선 안 된다고 자기가 왕위를 폐리같이 버리면서까지 택민론을 주장한 광해군이, 나는, 백성들은 어찌 됐든지 지배자들의 명분만 찾던 그 신하들보다도 몇 배 훌륭했고, 정말 옳은 지도자였다고 생각합니다.
   • 「해방전후」

계모 인목대비를 폐위하고 이복동생 영창대군에게 사약을 내리는 등 역사의 폭군으로 기록된 광해군을 옳은 지도자로 여기는 현의 논리에 문제가 없는 것은 아니지만, 그가 어떤 의도에서 이 말을 하는가는 충분히 짐작이 간다. 그것은 현 재의 상황이 개인적 안위와 명분보다도 국가와 민족 전체의 장래를 먼저 생각해야 하는 "민족사의 가장 긴박한 시기"라 는 현의 현실 인식에서 비롯된 것이다. 대의명분론을 직접 해외파·국내파의 문제로 연결시킨 데서 현의 의도는 좀더 분명한 모습을 띤다. 결국 그는 국내 공산파의 역할을 강조 하고 그들의 위상을 부각시키기 위하여 광해군의 예를 끌어들였던 것이다.

　그러나 현이 공산당의 이념이나 행동강령에 전적으로 동의했다고 말하기는 어렵다. 무엇보다 그는 해방이 되자 좌익단체가 나서는 것을 '발호'(跋扈)로 받아들였을 뿐 아니라 그들의 행동이 자칫 "민족 상쟁 자멸의 파탄"을 초래할지도 모른다고 우려할 만큼 부정적인 시각을 가지고 있었다. 일제하 카프의 계급문학론에 심한 거부감을 느끼고 순수문학인의 모임을 사실상 주도했던 이태준이, 시골에서 상경하자마자 좌익 문학단체인 '문협'을 제발로 찾아갔다는 사실은 그가 얼마나 사태를 심각하게 생각하고 있었는가를 알려주는 예증이다. 그는 "마음 속으로 그들(전날 좌익이었던 작가와 평론가—인용자)을 경계하면서" '문협'의 선언문을 읽은 뒤 약간의 정신적 혼란을 경험한다. 그것은 '문협'의 강령이 자신이 생각했던 것과 대부분 일치하는 것이었기 때문이다. 그래서 현은 "즐겨 그 선언에 서명을 같이"하였다고 하지만, 이것은 결국 그의 사회주의 사상에 대한 이해가 소박한 수준에 머물고 있음을 말해주는 것에 지나지 않는다. 말하자면 그는 사회주의자들의 상용어인 '인민'·'조직'·'투쟁'과 같은 용어에는 전혀 주목하지 않은 채 전체적 내용이 자신의 생각과 일치하는 데 놀랐던 것이다. 그가 좌익 이데올로기에 예민할 정도로 거부반응을 보였다는 사실은 「해방전후」 곳

곳에 나타난다. 이태준의 분신이라 할 수 있는 현은 "모―든 권력은 인민에게로!"라는 구호가 비록 진리일지 몰라도 아직 '민중'의 귀에는 이르다고 판단하고 있으며, 좌익 데모 때 적기(赤旗)를 뿌린 동료와 심하게 논쟁을 하기도 하고, '문협' 사무실에 "인민공화국 절대 지지"란 전단이 내걸리자 서기장에게 강력히 항의하고 나선다. 이런 우여곡절과 함께 과거의 친구들로부터 '문협'에서 발을 뺄 것을 종용받으면서도 끝내 자신의 생각을 굽히지 않는 것은 해방 전 자신의 소극적 처세와 친일행위에 대한 나름대로의 반성, 일제 말기부터 막연히 예감한 새로운 사조의 대두와 그에 따른 민족주의자로서의 사명감 등에서 연유한 것으로 보인다.

명분론자 김직원과 택민론자 현의 현실인식이 날카롭게 충돌하게 된 계기는 신탁통치에 관한 양자의 견해 차이에서 비롯된다. 현이 공산파만 두둔하는 것에 노여움을 느끼고 돌아갔던 김직원은 그 이튿날 다시 현을 찾아와 신탁통치 문제를 제기하고 나선다. 다분히 감정이 앞선 김직원에게 차근차근 당시의 국제정세를 설명하면서 찬탁의 당위성을 주장하는 현의 논리는 일견 타당해 보이기도 한다. 그러나 신탁통치안은 미국과 소련이 자국에 우호적인 정부를 수립하려는 의도에서 나온 것이며, 따라서 양국의 이해가 첨예하게 맞부딪치게 된 상황에서 그것은 전혀 현실성이 결여된 탁상공론

일 수밖에 없었다. 또한 좌익계열이 반탁에서 찬탁으로 급선회한 이유에 대해서는, (1)소련지령설 (2)정치적 헤게모니 선취설 (3)공산정부 수립 기도설 등의 가설이 제기되는 것에서 알 수 있는 것처럼 정치성이 강하게 노정되어 있어, 현의 논리는 설득력이 빈곤하다. 뿐만 아니라 신탁통치안에 반대하는 글을 직접 쓰기도 했던 이태준으로서는 자가당착적 오류를 범하고 있는 셈이다. 한편, 찬탁을 지지하는 좌익계열의 논리는 우리 민족의 이민족 지배에 대한 거부감을 전혀 고려하지 않았다는 점에서 철저히 반민족적이었다. 민족과 국가의 장래가 달린 문제를 감정적 차원에서 접근하는 것이 옳은가 하는 본질적 문제제기에 앞서, 일제에게 36년간이나 지배받으며 누적되어왔던 민족적 정서를 배반한 좌익의 논리가 민족의 커다란 반발에 부닥치게 되리라는 점은 상식으로 이해되는 것이었다. 이것은 "계급보다 민족의 비애"에 더 솔직했다는 현의 입장에서 보더라도 명백한 자기모순이 아닐 수 없다. 따라서 김직원의 몰이해가 그의 완강한 봉건제적 사고방식에 연유한 것만이 아니라는 사실도 분명해진다.

이태준이 자신의 분신이라 할 현과 김직원을 대립시켜 파국으로까지 몰고간 까닭은 무엇일까. 그 원인은 아무래도 이태준의 비교적 진솔한 자기반성적 태도와 독특한 작가적 전략에서 찾아야 하리라 본다. 이태준은, 해방 후 어느 작가 못지않게 자기반성 문제로 고민했던 작가였다. 작가의 자전적 고백에 해당하는 또 다른 작품으로 채만식의 「민족의 죄인」이 자주 거론되지만, 그것은 "상대방에 대한 공격성의 형태"를 강하게 노정하였으며 궁극적으로 "'민족의 죄인'이란 명제가 '죄인의 민족'이란 명제로 바뀌게"되는 역설적 상황을 야기한다. 이태준의 「해방전후」는 이와 유사한 상황을 설정하고 있지만 작가의 태도에 있어서 근본적인 차이를 드러낸다. 그는 일제 말기에 어쩔 수 없이 친일적 행위를 한 일에 대하여 상황논리로써 변명하고 있기는 해도 가상의 인물을 내세워 자신의 부끄러운 행적을 호도하는 식의 어설픈 자기합리화를 꾀하지는 않는다. 관점에 따라 해석의 차이가 있을 수 있겠으나, 해방 전의 행적과 '문인보국회' 참석 이후의 심경을 솔직히 토로한 점, 또는 김직원이라는 자신과 닮은 인물을 내세워 과거와 현재의 사상적 단절을 기도하고 있는 점 등은 철저한 자기반성의 자세가 아니라면 곤란한 사례들이다.

이태준이 월북한 정확한 일시는 알려져 있지 않지만, 7~8월 사이로 보는 것이 일반적 견해이다. 그는 7월 1일의 '수해지구문예강연회'에서 개회사를 하였고 『현대일보』에 연재하던 장편 『불사조』를 7월 19일자(90회분)로 중단한 뒤 종적을 감추었다가 8월 10일 소련방문사절단의 일원으로 북한에서 모습을 드러내는데, 이를 근거로 위와 같은 추정을 하는 것이다. 그러나 당시 사정이 38선 왕래가 비교적 자유스러웠다고 하더라도 이태준처럼 사회적으로 널리 알려진 사람이 어느 날 갑자기 월북하기란 그리 쉽지 않았을 것이며, 또한 북한에 가자마자 소련 방문단에 참여하지는 않았으리라 추측된다. 현수는 이태준이 소련을 방문하기 얼마 전 평양에 모습을 보였다고 회고하고 있다. "이태준이 평양에 나타나자 얼마하지 않아서 방쏘문화사절단의 한 사람으로 모쓰크바에 갈 것이란 말이 떠돌았고 과연 얼마 후에 그는 쏘련으로 갔다."[26] 이렇게 월북 준비기간과 월북 후 소련방문단 참여까지의 시간을 고려한다면, 그의 월북시기는 대략 1946년 7월 하순 무렵으로 좁혀진다.

그는 이기영·이찬·허정숙 등과 함께 '방소문화사절단'에 참여하여 소련을 방문한다. 1946년 8월 10일~10월 17일까지의 2개월여에 걸친 소련 방문기를 일기 형식으로 엮은 책이 『소련기행』인데, 이 글은 소련에 대한 일방적인 찬양과 긍정으로 일관되어 있다. 이태준에게 있어 소련은 "인간의 낡고 추한 모든 것은 사라졌고, 새 사람들의 새 생활, 새 관습, 새 문화의 새 세계"로 인식되며, 그곳에서 만난 사람들은 "당원과 농촌 청년들, 대신급이나 말단하관이나 관료 기분이라고는 조금도 보이지 않는 평민 태도들, 모두다 '요순 때

사람들'"로 묘사된다. 한마디로 소련은 "진리의 나라"이며, 소련 국민들은 "만일 생존경쟁이 악랄한 자본주의 사회에 갖다 놓으면 어떻게 살아 나갈가 싶"을 정도로 순박한 사람들이라는 것이 이태준의 소련기행 소감인 것이다. 대부분의 논자가 지적하고 있는 것처럼 『소련기행』에 나타난 이태준의 태도는 과도한 흥분과 감동, 전폭적인 경의와 찬양, 소련에 대한 무식과 관찰력의 부족에 기인한 순진성 등으로 요약된다. 말하자면 이태준은 소련의 현실을 과학적 인식의 토대 위에서 객관적으로 관찰·분석하기를 거부한 채 눈앞에 전개된 현상을 맹목적으로 긍정하는 자세를 보이고 있는 것이다. 그는 현실과 관념의 차이가 느껴질 때 그것에 대해 갈등을 느끼거나 심각하게 고민하려 하지 않고 자신의 생각을 현실에 꿰어맞춘다. 그러나 다음과 같은 진술은 그가 소련적 현실과 이상을 조선에 무조건적으로 견강부회하려 하지 않았다는 사실, 즉 조선의 현실상황에 가장 적합한 문학적 지향이 무엇인가를 심각하게 고민하고 있었다는 사실을 알려준다.

(1) '사회주의적인 내용을 민족적인 형식으로?' 우리 조선에 있어서는 어떤 것인가? 조선 실정으로는 '민주주의적 내용을 민족적 형식으로'일 것이다. 그러나 작품에 있

어 프로파간다와 예술성의 결합이란 지난한 것으로 우리
는 이런 것을 은근히 이번 소련에서 모색 중이나 문학작품
들은 갑자기 읽을 수 없고 연극에서나 기대가 큰데 아직은
모스크바에서는 고전, 애레완에서는 고전은 아니나 민족
적 형식일 뿐, 푸로파간다적인 것은 아니었다.

(2)화제에 창작방법론이 나왔을 때, 쏘베트 문학에서는
일관해 사회주의 레알리즘인데 그 원천은 꼬르키에 있노
라 했으며 주제의 적극성 문제에 미쳤을 때, 문예신문 편
집국장은, 그것은 그다지 큰 문제가 아닐 것이라 했다. 아
무리 주제가 크기로 예술성이 없으면 문학작품일 수 없고,
아무리 예술성에 노력했어도 그 시대가 요구하는 문제를
반영하지 못했다면 무가치한 것이 아니냐 하고 웃었다.

• 『소련기행』

위 인용문을 통해 우리는 적어도 다음과 같은 두 가지 사
실을 확인할 수 있다. 첫째, 이태준이 "민주주의적 내용을
민족적 형식"에 담아야 할 것이라 주장하고 나서고 있지만,
그것은 그의 독특한 해석적 관점에서 비롯된 것이 아니라
'전국문학가동맹'(이하 '문맹'으로 줄임)과 당중앙위원회의
일관되고도 공식적인 입장[27]이라는 점이다. 둘째, 이태준이
가장 심각하게 갈등을 느꼈던 문제가 문학의 예술성과 정치

성 가운데 무엇을 우선순위에 놓을 것인가의 문제, 즉 과거 카프 시절의 형식/내용 논쟁의 굴레에서 아직도 자유롭지 못하다는 점이다. 따라서 그가 소련 문예신문 편집국장의 말을 인용한 의도는 명백해 보인다. 이태준은 그의 답변을 통해 아무리 사회주의 리얼리즘을 강조하는 문학이라 하더라도 문학의 예술성은 훼손되어서는 안 된다는 점을 시사받고 안도했을 것으로 추측된다. 실제로 그는 카프의 내용(주제) 우위론에 반감을 느끼고 문학 고유의 예술성을 옹호하는 구인회를 결성한 전력이 있는 작가이다. 이러한 점을 고려할 때 이태준의 사고는, 논의의 범위를 문학관에 국한시킬 경우, 해방 전과 큰 편차를 보이지 않고 있음을 알게 된다. 결국 그는 사회주의 리얼리즘의 창작방법론을 기계적·교조적으로 수용하기를 거부하고 예술성의 토대 위에서 주제를 형상화하는 선택적 관점에서 받아들였던 것으로 보이는데, 이 점은 『불사조』를 연재하기 직전에 쓴 글[28]에서 보다 구체적으로 나타난다.

그러나 이태준의 리얼리즘관이 매우 소박한 인식의 토대 위에서 구축된 것이라는 사실에서 그가 북한에서 겪어야 했던 비극의 단초가 찾아진다. 시종일관 계급적 관점보다 민족의 단결을 앞세웠던 그의 현실인식과 문학적 견해는 프롤레타리아 계급문학을 앞세운 북한의 문예강령과 날카롭게 대립되는 것이다. 단적인 예로, 해방 직후 북한의 문예이론은 민주주의 민족문학의 계급성을 탐구하는 데 상당한 노력을 투여하고 있으며, 인민성의 문제에 있어서도 '문맹'측에서는 민중연대의 차원에서 이를 수용한 반면 북한에서는 대중화와 작가의 현장체험을 강조하는 관점으로 인식할 만큼 커다란 시각차이를 노정하고 있었다. 따라서 남한에서 창작한 「해방전후」와 소련 기행 후 북한에서 쓴 『농토』 사이에 세계관의 변화와 창작방법상의 거리가 개입되리라는 추론은 당연한 논리적 귀결이라 할 수 있다.

전형성과 계몽성—『농토』

『농토』는 잘 알려진 대로 1946년 3월 5일 발표된 '북조선 토지개혁에 관한 법령'을 제재로 하여 쓰여진 작품이다.[29] 이 작품에 대한 선행 연구가들의 견해를 종합해보면, 과거 이태준의 작품에 비해 질적 변화와 발전의 면모를 드러내주는 것이 사실이지만, 주인공의 성격과 행동이 무매개적으로 변화·발전하거나 사회주의 교리에 맹목적으로 추종하고 또 이를 설명하는 위치에 서 있어 전형적인 계몽소설의 차원에 멈추고 말았다는 것으로 요약할 수 있다. 따라서 『농토』의 선행 연구를 통해 드러나는 문제점은 이 작품의 토대를 이루는 세계관과 창작원리가 무엇이며 또한 그것이 어떻게 형상화되었는가 하는 점과 관련된다.

해방 후 좌익계열의 문학창작 방법론은 '문맹'의 "혁명적 로맨티시즘을 계기로서 내포한 진보적 리얼리즘"을 거쳐 '북조선예술총연맹'의 '고상한 리얼리즘'으로 전개된다. 임화에 의해 주창된 혁명적 낭만주의는 "꿈을 실질적 내용으로 하여 리얼리즘을 타개하려는 의도"에서 비롯된 것이며, 이를 계기로서 내포한 진보적 리얼리즘은 비판적 리얼리즘과 사회주의 리얼리즘의 중간단계에 속한다. 그러나 진보적 리얼리즘은 (1)세계관과 객관적 현실 간의 모순, (2)창작방법의 세계관에 대한 우위현상, (3)작가가 자신의 세계관을 사회주의적 세계관으로 변혁시키지 못한 점, (4)역사발전의 합법칙성에 대한 전망과 확신이 결여되었다는 점 등의 한계를 가지고 있다. 이런 의미에서 진보적 리얼리즘은 "보편적인 자본주의화의 단계를 거치지 않은 조선 근대사회의 역사발전과정 속에서 파행적으로 생성된 창작방법론"이라 정의할 수 있다. 이에 반해 고상한 리얼리즘은 무엇보다 문제적 인물의 성격묘사에 초점을 맞추어 논의를 전개한다. 특히 안막은 김일성을 고상한 조선사람의 전형으로 지목하는 한편, "위대한 시대에 부끄럽지 않은 고상한 사상성과 예술성을 가진 예술창조와 문학창조"의 건설을 제창한다. 그는 "김일성의 연설 중에서 직접 따온 '고상한'이라는 구절을 소중하게 되풀이하면서 김일성이 요구했던 생기발랄한 민족적 품성을 그리는 것이야말로 새로운 조선문학의 고상한 목표"임을 명백하게 주장하고 나섰던 것이다. 이런 맥락에서 보면 1947년 이후 북한에서 씌어진 문학작품에 김일성의 창작 지도이념이 적지 않게 반영되었을 것이라는 사실은 어렵지 않게 짐작할 수 있다. 실제로 김일성은 1946년 5월 24일에 행한 연설에서 다음과 같이 북한 문예이론의 기본 골격을 제시하고 있어 주목을 끈다.

(1)인민대중 속에 일상적으로 깊이 들어가서 인민의 생활과 투쟁을 구체적으로 세심하게 연구할 것
(2)문화인 대열의 사상적 통일과 단결을 강조할 것
(3)인민대중을 교양·선전할 순회극단과 강연을 조직하고 대외선전망을 조직하여 대외선전사업을 강화할 것
(4)일제 잔재에 반대하여 투쟁할 것
(5)민족문화유산을 계승하는 데 있어 민족적 형식과 민주주의적 내용을 결합시킬 것[30]

『농토』는 김일성의 창작지침을 일정 정도 반영하는 입장에서 쓰여진 작품이다. 그것은 일단 이 작품이 과거 이태준의 작품성향과는 판이하게 천민 출신의 소작농을 주인공으

로 설정하여 해방 전후의 농촌현실을 사실적으로 묘파하고 있다는 데서 추론할 수 있다. 때문에 『농토』가 출간되자 "이기영의 『땅』, 이북명의 「노동일가」와 더불어 해방 후 북한의 새로운 현실을 가장 잘 반영한 소설"로 평가되거나, "토지개혁을 주도한 작품으로서 작가는 주인공 억쇠를 통하여 조선 사회가 걸어온 구체적 현실의 특질을 해부하였으며 토지개혁의 력사적 전망과 필연성을 일관한 예술적 수법으로 형상화함으로써 인민들의 민주주의적 사상으로 교육 선전하는 데 커다란 효과를 나타낸 작품"[31]으로 칭송받을 수 있었던 것이다.

『농토』는 양반집 씨종이었던 억쇠가 점차 대자적(für-sich) 민중으로 의식화되면서 새로운 세계의 전형적 인물로 성장해가는 과정을 그린 소설이다. 이 작품에서 주목되는 것은 무엇보다 억쇠가 지닌 의식의 성장 과정으로, 그것을 통해 인물의 전형성과 주제의 계몽적 성격이 선명하게 드러난다. 『농토』는 작품에 나타난 시간적 배경을 기준으로 할 때 해방 전과 해방 후의 두 단락으로 나뉜다. 전반부에 해당하는 부분이 전체 작품의 반 이상을 차지하고 있지만, 내용적으로는 해방 후의 급격한 역사적 변혁 과정에서 주인공이 주체적 인물로 성장하는 후반부가 상대적으로 중요한 몫을 담당한다.

싸락눈이 내리는 한겨울 밤, 억쇠 어미의 죽음으로 시작되는 이 작품의 전반부에는 억쇠의 반항적 성격이 강조되어 나타난다. 그는 노예근성이 골수에까지 뿌리내린 아비와는 달리 어미가 천한 이름으로 불리는 것을 부끄러워하며 정작 어미가 죽은 뒤에도 별로 슬퍼하지 않는다. "억쇠는 울기는 고사하고 죽은 어미와 이런 꼴의 아비를(아내가 죽은 뒤에도 곡 한 번 못하고 주인집 마님의 노여움을 걱정하는—인용자) 발길로 질르기나 할 것처럼 새파랗게 노려보는 눈이었다"에서 보듯 그의 성격은 대단히 반항적인 것으로 서술되고 있지만 그 상대가 부모로 설정되었다는 점에 문제가 있다. 다시 말해 그가 보여주는 반항적 자세는 신분제도의 근본적 불합리함이라든지 주인계층의 비인간적 행태에 울분을 느끼고 제도적 모순 자체를 타파하겠다는 본질적 차원의 것이 아니라, 개인적·가족적 신분에 대한 모멸감에서 비롯된 것이라는 점에서 일정한 한계를 갖는다. 이러한 억쇠의 성격은 『농토』의 전반부를 통해 별다른 변화를 보이지 못할 뿐 아니라 지주의 종 신분으로 소작인에게 거들먹거리는 재미를 느낄 정도로 타락하는 성격의 파탄 과정을 보여주기도 한다. 처음에는 가재울 사람들의 눈치를 보며 행동거지에 조심하며, 추수를 마친 소작인들이 그 자리에서 대부분의 곡식을 지주에게 빼앗기는 광경을 목격하고 안쓰럽게 생각하던 그가 어느새 지배자로서의 우월의식에 빠져드는 것이다.

억쇠도 그 이듬 해부터는 장근이네나 점둥이네가 봄내 여름내 피땀을 흘리고 가을 마당질에 와서는 남좋은 일만 하고 물러나는 꼴에도 그것을 처음 볼 때처럼 마음에 찔리지 않았다. 찔리지 않을 뿐더러 나리님이나 아씨의 권리를 작인들 앞에 대신 써볼 때는 권리를 주는 주인에게는 아첨이 절로 늘었고 그 권리에 복종해야 하는 작인들에게는 모르는 새 거드름이 늘어 점둥이나 장근이네 마당에 가서는,

"별놈의 소리 다 듣겠네! 며칠 안 됐으니 이자를 덜어라? 누가 장리쌀 먹으래서 먹었어?"

하고 아이 어른 가릴 것 없이 곧잘 허튼소리가 나오게끔 되었다.

• 『농토』

자신의 신분을 망각하고 함부로 행동하던 억쇠가 자기반성의 계기를 맞게 된 것은 주인집의 경제적 몰락이라는 외부적 조건 때문이다. 『농토』 전체를 통해 억쇠의 의식의 변화와 발전 과정이 수차례 반복되고 있지만, 이 모든 것이 주체적 각성에 의한 것이라기보다 외적 요인의 변화 내지는 매개적 인물의 도움에 의한 것이다. 억쇠가 전형적 인물설정이 못 되었다는 안함광의 지적도 이런 점에서 연유한 것으로 보이나, 오히려 억쇠의 성격이 상황의 변화에 따라 점진적으로

발전하고 있다는 점에서 긍정적 의의를 찾아야 한다. 억쇠의 성격이 사회주의 리얼리즘에서 말하는 전형적 성격과 일치하는 것은 아닐지라도 작품 전체를 통해 미래지향적으로 발전하는 그의 성격이 전형성의 범주에서 크게 벗어나는 것은 아니다. 왜냐하면 억쇠의 성격의 변화 과정은 궁극적으로 역사의 주체로 성장하여 가는 과도기적 양태이며, 그러한 굴절 과정을 통해 비로소 대자적 민중 혹은 긍정적 인물로의 성장이 가능하기 때문이다.

주인의 경제적 몰락에 따라 노예적 신분에서 벗어나게 된 억쇠 부자는 비로소 농촌현실을 객관적으로 이해하게 된다. 그들 부자는 "어미는 일생이요 애비도 거의 일생이요 자식은 철나도록 세 식구가 종살이를 한 댓가로 받은 돈 사백원"을 밑천으로 자작농이 될 꿈에 부풀지만 팔근이가 중간에 끼어듦으로써 애초의 계획이 좌절되고 소작농으로 전락한다. 그러나 정작 억쇠 부자를 절망하게 하는 요인은 절대적으로 지주에게만 유리하게 제도화된 소작료이다. 억쇠 부자가 권생원의 논을 소작하여 거두어들인 첫 수확은 벼 서른네 가마인데, 이 가운데 소작료로 열일곱 가마가 지주의 몫으로 돌아간다. 나머지에서 수세(水稅)·비료대·소견품삯·호세·동회비 등으로 열 가마 가량 제해지고, 장리쌀 먹은 것, 텃도지 등으로 두어 가마는 실히 빼앗기게 된다. 결국 억쇠 부자의 그해 농사 수확은 벼 다섯 가마도 채 못 되는 셈인데, 이 것이 당시 소작농들이 대체적으로 겪어야 했던 삶의 현실이 었던 것이다. 지주와 소작인의 관계는 토지로만 매개되는 것 이 아니라 신분적 주종관계로 확대된다는 점에서 그 불합리 성이 강조된다. 예전에 억쇠가 가재울 마을 사람들에게 위세 를 부릴 수 있었던 근거는 전적으로 그가 주인과 가까운 거 리에 있다는 단순한 사실 때문이다. 그러나 소작농으로 신분 이 바뀐 그는 권생원의 심부름을 제대로 못했다는 이유로 인 해 인간적인 수모를 겪고, 소작농의 비애를 절감한다. 말하 자면 상황의 변화는 억쇠로 하여금 현실을 보다 냉정하고 객 관적으로 인식하게 하는 계기로 작용하며, 이러한 과정의 반 복을 통해 그는 서서히 대자적 민중으로 성장할 수 있었던 것이다.

억쇠의 성격이 발전되는 과정에서 상황의 변화가 매우 중 요한 동인으로 기능하고 있지만, 그에 못지않게 중요한(어 쩌면 그보다 더욱 중요한) 것이 성필을 비롯한 매개인물의 역할이다. 이 작품에 등장하는 매개인물은 모두 사회주의자 로 설정되어 있다는 점에서 동일인이라 할 수 있다. 이들의 역할은 주로 억쇠를 비롯한 가재울 농민들로 하여금 계급적 인간관계의 불합리함을 깨닫고 이를 계기로 새로운 역사의 주역으로 성장하도록 계도하는 일에 집중된다. 권생원의 땅을 거부하고 동척 땅을 부치기로 한 억쇠는 가을이 되자 기묘한 계산법('쓰보가리')에 의해 전보다 더 많은 소작료를 징수해가는 동척의 횡포를 경험한 후, "소작을 평생 해먹느니 진작 죽어버리는 게 마땅"하다고 절망한다. 이때 성필과 낯선 사회주의자가 나타나 뿌리 깊은 노예근성을 버리지 못하는 마을사람들의 경직된 의식을 강하게 충격한다. 그들은 패배주의적 숙명관의 두꺼운 각질(角質)에 갇혀 있는 마을사람들에게, "문젠 간단헌게, 앉어 빼앗기구 죽느냐 일어나 싸워서 안 뺏기구 사느냐 양단간에 하나 뿐"이라고 역설함으로써, 그들의 이미 쇠진한 투쟁의식에 인화성(引火性) 강한 불씨를 던진다.

"(……) 어느 누가 들든지 죽도록 농사 진 사람 굶어죽지 않겠다구 나서는 노릇을 궂다군 안 할거요. 이런 떳떳한 일일 바엔 여러분 맘먹게 달린 것 아니요? 지주편에서 다신 얕잡어 보지 못하게 지주들의 병정인 관리놈들이 허턱 지주 편만 들구 나서지 못하게, 작인들도 미물이 아니라 사람이란 것 똑같은 사람이란 걸 한번 본뵈기를 보입시다. 여러분을 짓밟는 발은 여러분의 손으로 분질러놔야지 하눌만 쳐다본다구 되는 게 아니오. (……) 쏘련을 보시오. 여러분은 모르고 있으리다만 거기서 땅은 모두 농사짓는 사람만 갖게 된 거요. 땅을 차지허구 농군들이 지어 놓은 농사를 들어다가 저이만 호의호식하던 불한당 지주떼들은 거기선 다 없어진거요. 절로 그렇게 된줄 아시요? 농군들이 들구 일어난거요."

　•『농토』

낯선 사회주의자의 열변에 가장 자극을 받은 인물이 억쇠인 것은 당연한 일인데, 그는 열차 안에서 만났던 죄수를 떠올리면서 "겉으로는 평온하게 보이는 세상에도 속으로는 목을 내걸은 사람들의 피투성이 싸움이 계속되고 있다는 것"을 깨닫게 된다. 그러나 억쇠는 낯선 사회주의자에 의해 현실을 직시하는 한편 사회의 불평등 구조를 깨뜨려야 한다는 당위론에 적극 공감하면서도 직접적인 행동을 취하지 못한다. 그것은 그의 성격이 완결된 인물로 형상화되지 않고 발전적 인물로 그려지고 있다는 사실과 밀접한 관련을 맺는다. 다시 말해 그가 주체적 인물로 형상화되기 위해서는 아직도 매개 인물과 매개상황의 도움이 필요한 것이다. 이처럼 억쇠의 성격은 주변상황의 변화와 주변인물의 도움에 의해 서서히 변화·발전되는데, 해방과 북한의 토지개혁은 억쇠의 성격을 완결짓는 결정적 조건이 된다.

　『농토』에서 농민의 소소유자적 성격이 가장 잘 드러난 부분은 가을철 수확과 그것의 분배와 관련된 대목이다. 농민의 소소유자적 성격은 해방 후에도 완전히 불식되지 못해서, 삼칠타작이란 소문이 돌자 누가 칠할을 차지하는가 하는 문제에 예민하게 반응하는 형태로 드러난다. 이때 성칠은 성실한 교사가 순박한 학생을 지도하듯 차근차근 개인적 이익에만 몰두하는 억쇠를 계도해나간다. 그는 노련한 교사답게 억쇠의 의중을 간파하고 작인들이 칠할을 차지하는 것이 마땅하다는 점을 주지시킨 뒤, 나 혼자만의 이익이 아니라 우리의 이익을 위해 싸워야 하고, 그것이야말로 조선의 이익이 된다는 점을 역설한다. 성필의 말에 억쇠는 개인의 이익만을 생각했던 자신을 부끄러워하는데, 다음 인용은 억쇠가 얼마나 성실하고 이해력 좋은 학생인가를 알려주는 보기이다.

　　억쇠는 가만히 고개를 숙이고 있었다. 이김에 달아난 녀석의 땅이니 땅이나 생길까 하는 저 하나 뿐의 욕심으로만 흥분이 되어오군 한 저 자신이, 언제든지 농민전체와 조선전체의 이익에 열중해 있는 성필이의 말을 들을 때마다 눈이 한겹씩 더 무지의 안개가 걷히는 기쁨도 기쁨이려니와 한편으로 자기의 무지와 개인본위의 욕심이 슬며시 부끄럽기도 했다.

　•『농토』

억쇠의 성격은 끊임없이 변화한다. 그런 의미에서 그는 발전적 성격의 한 전형적 유형을 대변한다고 할 수 있으며,『농토』가 지니는 계몽성도 모두 그의 성격의 발전 과정과 긴밀한 연관관계를 유지한다. 이 소설이 당시 북한에서 찬사를 받을 수 있었던 가장 근본적인 원인은 철저히 원칙에 입각한 토지개혁의 정당성을 선전·계몽하는 데 주안점이 두어졌기 때문이다.[32] 작품에 드러나 있는 것처럼 북한의 토지개혁은 모든 북한주민에게 희망과 의혹을 동시에 안겨준 부담물이었던 것이다. 그들은 토지개혁의 원칙과 인정(人情) 사이에서 묘한 갈등을 체험하는데, 그러한 갈등이 집약된 사건이 바로 안과부의 토지 몰수에 대한 원칙론과 인정론의 대립이다. 가령 분이만 하더라도 "법대로 헌다면 안과부네 몇알 안되는 논두 몰수라니 과부가 기름장살 해 늙으막에 겨우 먹을 만치 작만헌걸 어째 뺐는다는거유. 그런건 잘못이니까 토지개혁이란 게 뒤집힐 것만 같어!"라고 우려할 정도로 가재울 사람들은 토지개혁의 실상에 대해 어둡거나 그 결과에 대해 짙은 의구심을 가지고 있다. 또한 그들은 토지와 상관없는 집까지 몰수하는 일을 전혀 이해하지 못할 뿐 아니라 일종의 반발감마저 갖는다. 그것은 토지개혁이라는 어휘가 주는 의미의 범주에서 벗어나는 행위이며 전통적으로 지켜오던 미풍양속을 송두리째 부정하는 몰인정한 행동으로 여겨지기 때문이다.

이러한 분이의 의구심에 대해 억쇠는 대체로 동감을 표시한다. 다시 말해 억쇠 자신도 토지개혁의 당위성은 인정하면서도 그 실천방법에 대해 매우 회의적인 생각을 가지고 있다는 사실이 드러나는 것이다. 그러나 농민대회에서 최초시(성필의 아버지)를 만나 토지개혁의 의의에 대해 자세히 전해 듣고 난 억쇠의 성격은 또다시 발전한다. 그는 비로소 사태를 정확히 이해하고 주체적인 성격의 인물로 완성되는 것이다. 억쇠는 인정이나 미풍양속이라는 미명하에 얼마나 오랫동안 사람들이 자신의 정당한 권리를 침해받았던가를 깨달으면서 철저한 원칙론자의 입장에 선다.

농민대회가 시작되고 실행위원이 토지개혁의 취지를 설명하는 부분에서 『농토』의 계몽성과 목적성은 보다 분명한 형태를 갖춘다. 특히 우리의 주목을 끄는 것은 김일성의 담화를 해설하는 실행위원의 말을 듣고 모든 사람들이 토지개혁의 정신을 분명히 인식하게 된다는 아래 인용이다.

나중에 북조선인민임시위원회 위원장 김일성 장군의 담화를 해설해주는 데서 토지개혁의 정신이 분명히 인식되는 듯, 머리들을 끄덕였고 억쇠는 몇 대목은 머리 속에 외와 넣을 수가 있었다.

"조선이 조선사람 모두가 잘사는 나라가 되자면 동포끼리 제일 큰 착취 제도요, 노예제도인, 지주 있고 소작인 있는 제도부터 없애야 된다는 것, 민족끼리 누구나 동등한 권리를 갖고 평등하게 발전하는 나라를 세우자는데 반대하는 민족반역자나 친일파들의 근거가 되는 지주계급을 없애버리자는 것, 민족의 팔할이 넘는 농민의 생활을 높여서 그들도 자식을 가르치게 하고 그들도 암흑생활에서 벗어나 문명한 생활을 할 수 있도록 하기 위해서라는 것……"

억쇠뿐 아니라 모두들 고개가 절로 끄덕여졌다.

• 『농토』

농민들이 토지개혁의 기본 취지를 이해하는 데 김일성의 담화가 이용되는 위 인용은 사건 전개의 유기적 흐름을 방해하고 선전적·계몽적 특성만 돌출시켜줄 뿐이다. 작품의 내적 구조를 형성하는 데 아무런 필연성도 제공하지 못하는 부분을 생뚱맞게 삽입한 원인은 아무래도 문학외적 조건의 영향을 받은 것으로 보인다.

억쇠의 성격이 긍정적 인물(positive hero)로 구체화되는 결정적 계기는 안과부와 권생원의 처리 문제에 관해 원칙론을 주장하는 그의 웅변에서 찾을 수 있다. 그는 이제까지 여러 명의 매개인물의 도움으로 의식의 발전을 보여주다가 결말 부분에 이르러 스스로의 확신을 대중에게 전파시킬 수 있을 만큼 주체적 인물로 성장한다. 그는 안과부와 권생원의 처지가 전혀 다르다는 것을 조목조목 따지면서 법령의 엄정성이 어째서 요구되는지를 설명해나간다. 그의 발언이 힘을 갖게 되는 근거는 법령의 권위도 실추시키지 않고 마을주민들의 동정도 수용하고자 하는 그의 융통성 있는 태도에 기인한다. 그리하여 억쇠는 가재울 농촌위원 다섯 명 가운데 한 명으로 선출되고, "이 날 하룻 동안 십 년을 살은 것" 같은 희열감에 사로잡힌다. 그의 어린 시절의 반항적 기질이 상황의 변화와 매개인물의 추동에 따라 변화하면서 마침내 새로운 역사의 전형적 인물로 완성되는 것이다.

『농토』는 "사회주의를 향해 선도해 가는 그러한 사회적 힘의 문제"[33)를 다룬 사회주의 리얼리즘 계열의 작품이다. 이 작품에서 사회주의를 향해 선도해 가는 사회적 힘은 등장인물의 성격 발전 과정에 따라 구체화되는데, 그 중심인물이 억쇠인 것은 두말할 필요조차 없는 일이다. 그렇다고 하여 성필 등 매개인물(루카치의 용어를 따르면 '완결된 인물'[fertige Gestalt])의 역할이 부차적인 것으로 밀려나지는 않는다. 그들은 상황의 변화에 따라 비슷한 성격의 인물로 등장하여 억쇠를 의식화시키고 마침내 그를 역사의 주체로 성장시키는 데 결정적 도움을 준다. 이들의 작품내적 성격이 문제가 되는 것도 이 때문인데, 가령 성필 등 매개인물의 성격에 논의의 초점을 맞추게 되는 경우 억쇠는 단순히 수동적이고 기능적인 인물로 전락한다. 왜냐하면 억쇠는 마지막 순간까지도 스스로의 주체적 각성과 의지에 따라 행동하기보다는 항상 매개인물의 계도와 선동에 따라 의식의 허물벗기를 계속하고 있기 때문이다. 그러나 『농토』에서 차지하는 성필 등의 위상이 억쇠의 그것을 능가하지 못한다는 사실은 자명하다. 이들의 기능은 억쇠라는 새 역사의 전형적 인물을 주조(鑄造)하는 데 반드시 거쳐야 할 담금질과 같은 수단적·과정적 범주를 벗어나지 못한다. 또한 억쇠의 긍정적 인물로서의 특징이 성필 등의 완결된 인물의 권위에 의해 희석되거나 훼손되지 않는다는 점도 분명하다. 즉자적(An-sich) 민중으로서의 억쇠가 대자적 민중으로 거듭나고 역사의 주체세력으로 성장하기 위해서는 반드시 그에 적합한 시련과 계기가 마련되어야 하며, 성필 등 사회주의자의 역할은 매개적 기능에 충실하는 것으로서 충분하다. 만약 그들이 가재울 농민의 잠든 의식을 일깨우는 일에 시종일관 관여하는 형식으로 사건이 전개되었다면 이 소설은 당 정책의 해설서 이상의 의미를 갖지 못했을 것이다.

　『농토』는 전형적인 계몽소설이다. 그런데도 이러한 계몽성이 작품의 완성도나 미적 가치에 치명적인 손상을 가하는 것은 아니다. 이태준은 해방 후 새로운 문학의 과제로 계몽성을 강조한 바 있으며, 김일성의 창작지침에도 이 점은 분명히 제시되어 있다. 이때 이태준이 의도한 계몽성과 김일성이 제시한 계몽성을 같은 개념으로 이해하는 것 자체가 무리지만, 어쨌든 이태준은 당의 지령을 수용하면서도 예술성을 유지하는 데 성공한다. 앞서 지적한 대로 이 작품은 당의 지시에 의해 씌어진 것이라 보이지만, 전적으로 당의 지령에 충실하게 쓴 작품으로 이해하기엔 납득이 안 되는 부분도 적지 않다. 그와 같은 증거는 북한에서 즐겨 쓰는 '인민'이란 용어 대신에 '민중·대중'이란 어휘를 사용한 점에서 찾을 수 있다. 또한 이 작품에는 해방 전 작품에서 보여주었던 서정적 분위기 묘사, 달밤의 이미지 등이 고스란히 남아 있어 작품의 예술성이 주제에 종속당하는 것을 거부했던 그의 고집[34]이 그대로 반영되어 있음을 알게 된다. 이런 점에 비추어 볼 때 이태준은 소련 기행 이후에도 사상의 근본적인 변화를 체험하지 않은 것으로 추측된다. 그는 여전히 계급보다 민족을 먼저 생각하는 소박한 민족주의 정신을 버리지 않았던 것으로 이해되며, 그것은 『농토』에서 세계관과 창작방법 사이의 불일치라는 형태로 나타난다. 물론 세계관과 창작방법이 동일해야 한다는 원칙은 사회주의 리얼리즘 이론가들에 의해서도 비판받는 것이지만, 이태준의 경우는 은연중에 세계관보다 창작방법을 우위에 놓는 태도를 표명하였으며 그러한 자신의 생각을 포기하려 하지 않았던 것이다. 결국 『농토』는 북한 김일성 집단이 요구하는 당성·계급성·인민 성을 고취시키는 대신 인물의 전형성과 주제의 계몽성을 강 조하는 우회적 방법으로써 문학의 정치적 종속관계에서 벗 어나려 한 작품으로 해석할 수 있다.

이태준은 사회주의 국가의 미래를 과학적 인식의 토대 위 에서 전망하고 있는 것이 아니라 소박한 이상주의적·낭만 적 전망으로 대체하고 말았다. 이것이 인식론적 한계에서 비 롯된 것인지 혹은 의도적 전략에 기인한 것인지 자세히 알 길이 없지만, 그는 근본적으로 이데올로기와 친숙할 수 없는 인간형이며 따라서 이념이 예술을 압도하는 상황에서 방향 감각을 상실하고 관성적 글쓰기를 지속할 수밖에 없었다.

방향성 상실과 관성적 글쓰기―『첫전투』, 『고향길』

지금까지 알려진 바에 따르면 이태준은 『농토』 이후에도 10여 편의 중·단편 소설을 발표했다. 이 소설들은 대부분 『첫전투』와 『고향길』 등에 실려 있는데, 인민의 투쟁의지 고 취, 반미 감정의 앙양 등 투쟁적·선동적 주제가 생경하게 제시되어 있다. 다시 말해 위 작품집에 수록된 글들은 『농 토』에서 보여주었던 예술성과 이념의 조화라는 신념이 붕괴되고 당정책에 맹목적으로 따를 수밖에 없었던 작가의 정신적·예술적 파탄 과정을 드러낸다. 예술성이 철저히 이념에 종속당하는 현상은 비단 주제의 형상화에 국한되는 것이 아니다. 1930년대의 가장 우수한 문장가로 명성을 날릴 만큼 문장 하나하나에 정성을 기울였던 이태준의 모습은 위 작품집 어느 곳에서도 찾아볼 수 없다. 오히려 거기에는 절제되지 못한 문장과 섬뜩할 정도로 잔인한 표현들이 넘쳐난다. 예를 들면 "놈들의 유들유들한 비곗덩이를 생각할 때는 그만 못먹을 것을 삼킨 듯 목구멍이 뿌듯하도록 전신에 피가 곤두 서는 것이다"(「첫전투」), "왜가리 같은 놈들의 주고 받는 말소리"(「백 배 천 배로」), "트루맨에서부터 애치슨, 맥아더…… 모든 전쟁방화자들의 살과 뼈를 이 붙들린 놈들이 대신해서라도 조선인민이 당하는 아픔을 골수 깊이 맛보도록 해주고 싶었다"(「미국대사관」)와 같은 원색적인 표현이 거의 모든 작품에 반복적으로 나타난다. 또한 위 작품집에는 인간의 삶에 대한 다양한 해석과 여러 유형의 인물 성격화에 대한 관심, 전통적 문화와 인간에 대한 깊은 사랑, 서정적 분위기 묘사 등과 같은 이태준 소설의 장점이며 성과라 할 수 있는 요소들이 전혀 자취를 감추고 있다. 한마디로 『첫전투』, 『고향길』 등은 권력이 요구하는 비예술적 주제를 원색적 색깔로 뒤발함으로써 더욱 볼썽사납게 되어버린 초라한

화첩(畵帖)일 뿐이다.

『첫전투』와『고향길』에 수록된 작품들이『농토』와는 전혀 다른 세계관과 그것의 미적 전유방식을 보여주는 것이 사실이지만, 시기별로 약간의 상이를 노정하고 있어 흥미롭다. 다시 말해 위 두 작품집의 소설들은 6·25 전에 쓰여진 것과 그 이후에 창작된 작품 사이에도 큰 낙차가 발생한다. 6·25 이전에 쓰여진 작품들은 대부분 계몽적 성향이 강하거나 (「호랑이 할머니」) 빨치산의 투쟁을 다룬 것(「첫전투」,「고향길(1950. 5)」)인 데 반해, 그 이후의 소설은 전쟁을 소재로 하여 인민군의 강렬한 투쟁의지 및 고결한 전우애, 그리고 남한과 미국에 대한 격렬한 증오심을 주제로 하고 있다. 특히『고향길』에 수록된 작품들이 대부분 1951년 4, 5월 무렵에 집중적으로 쓰여졌다는 사실은 이 작품들이 당의 지령에 의해 급조된 것임을 알게 한다.

월북 후『농토』를 쓰기까지 이태준의 의식을 강인하게 지배하고 있던 정신은 계급보다 민족을 먼저 생각하는 민족주의였다. 앞서 살펴본 바와 같이 이태준은 북의 체제를 긍정하고 당의 문예창작 지침에 따라 창작활동을 하면서도 이 원칙만은 양보하지 않으려 했던 것으로 보인다. 그러나 남북간의 갈등이 보다 예각화하면서 이태준의 작품 성향도 급격한 선회의 궤적을 그린다. 1946년 10월항쟁 이후의 빨치산

활동을 제재로 한「첫전투」와「고향길」에는 미군정과 이승만·김성수 등 우익 지도자에 대한 원색적인 비난이 돌출하는 반면, 북한과 소련 군대에 대하여는 일방적 찬사로 일관하고 있어 좋은 대조를 이룬다.

(1)쏘련군대가 들어온 북조선에는 그 착취없는 로동제도가 실현되었다! 거기는 남의 땅 아닌 농사들이 실현되었다! 북조선은 진실로 해방되었고 조선 인민의 조선으로 무한한 가능성에서 발전하며 있지 않는가? 어째 한 조선 안에 이런 두 현실이 나타나는가? 하지야? 리승만놈아? 네놈들의 가슴패기는 오늘 우리 앞에 얼마나 넓은 과녁판이냐! 판돌은 부드득 이가 갈리는 입에 담배를 꺼내 물었다.

(2)여러분? 우리두 쏘련군대가 들어온 북조선처럼 잘 살 수 없었던 게 아니우. 우리두 인민위원회가 생겼었구 우리두 쏘련의 선진 사상과 김일성 장군의 령도대루 토지개혁을 비롯한 모든 민주 개혁을 못한 게 아니드랬소. 그걸 모두 깨트린 게 뒤에 미제국주의자들이구 우리 동네선 바로 저 놈이우! 우리 민족과 국토를 분렬해 미국에 팔아먹는 단선단정을 꾸민 리승만이 김성수놈들의 우리동네 앞잡이가 바로 저 놈이우!

•「첫전투」

인용문 (1)은 10월항쟁과 남한 단독선거 반대투쟁에 참여했다가 빨치산으로 입산한 판돌의 내적 독백이고, (2)는 판돌이 지휘하는 빨치산 부대가 첫전투를 벌인 S면에서 봉건지주 정운조를 인민재판하는 장면이다. 위 글에서 공통적으로 발견되는 것은 북한에 대한 전폭적인 지지와 남한에 대한 적대적 태도이다. 판돌과 서동무(씨뭉이)에 따르면 북조선이야말로 인민의 낙원이고 남북 분단의 책임은 미군정과 이승만 등 우익 지도자에 전가된다. 이러한 좌편향적 태도는 『고향길』에서 더욱 심화된 형태로 반복되어 나타나며, 6·25 이후의 작품에는 남한에 대한 적개심이 더욱 강렬해져 '카니발리즘'의 형태로까지 발전한다. 「첫전투」와 「고향길」에서는 좌우 대립의 본질이 계급적 관점에서 파악되지만, 「백배 천배로」 등 6·25 이후에 씌어진 작품에서는 이 문제가 이념적 차원에서 다루어지고 있는 것도 유의할 만하다. 이것은 북한의 창작지침이 당파성과 투쟁성을 강하게 노정함에 따라 이태준의 사고 또한 점차 경색되어가는 징후로 여겨지기 때문이다.

그러나 위 작품집에는 서정적 배경묘사, 인물성격의 구체적 형상화 등 이태준 소설의 장점으로 알려진 기법적 특성의 파편이 잔존한다. 뿐만 아니라 실제보다 훨씬 과장·왜곡되어 일종의 신화가 된 김일성의 일화를 현실적 상황으로 이해하려는 이성적 태도를 보여주기도 한다.

"아니 김일성장군께서두 축지술을 헌다, 둔갑술을 헌다, 여간만 소문났더랬수?"

"그게여! 그거라니까 바루……."

칠복은 펀뜻 생각은 돌았으나 말문이 풀리지 않아 더듬거렸다.

"그게라니?"

"바루 그게여…… 뭐든지 말이여…… 보통사람 이상 능숙해지면 보통사람에겐 귀신처럼 뵈는 법이거던…… 이쪽이 칠 때는 작전계획이 탁월했구, 이쪽이 포위됐을 땐, 끝까지 냉정한 정세판단으루 저놈들은 몰라두 이쪽에선 저놈들의 허술헌 고이딜 그예 찾아내 거길 뚫구나왔지 다른게 무얼테여……"

• 「첫전투」

절대적으로 열세한 장비와 인원으로 전투에 임하는 빨치산 대원들의 용기와 전투욕을 북돋우기 위해서라도 김일성의 빨치산 전투 일화는 더욱 신화화(神話化)할 필요가 있다. 그런데도 칠복은 이것을 과학적으로 분석하여 설명하려 든다. 말하자면 칠복이 대원들에게 해석하여 들려준 이야기는 사회주의가 요구하는 과학적 세계인식의 정신에는 부합되지만, 김일성 신격화를 조장하려는 당의 의도에 정면으로 배치되는 것이다. 그러나 6·25 이후 이태준은 종군작가로서 최전선에 배치되어 당이 요구하는 주제의 작품을 기계적으로 생산하지 않을 수 없게 된다. 치열한 전쟁이 진행되는 가운데 한 달이란 짧은 기간에 세 편의 작품을 발표할 수 있었던 것은 이태준 개인의 능력과 당의 강압이 이루어낸 합작품이라 할 수 있다. 그리고 그것은 확고한 세계관을 정립하지 못해 정신적으로 갈등을 겪고 있는 한 민족주의자가 천생의 문재(文才)로써 관성적으로 써낸 졸작일 뿐이다.

해방 후 이태준은 문학과 정치를 동일한 범주에서 이해하려 했고, 그러한 자신의 신념을 실제 행동으로 나타내 보였다. 그러나 문학이 곧 생활이며 정치라는 그의 정치관은 너무 소박하고 비논리적이어서 스스로 논리의 파탄 과정을 드러내기도 했다. 오히려 식민지시대부터 6·25 때까지 이태준의 사상적 바탕을 이룬 것은 소박한 의미의 민족주의이며, 그것이 해방 후 사회정치적 상황의 변화에 따라 굴절된 것으로 보아야 할 것이다. '문협'에 가담하면서 스스로 다짐했던 계급보다 민족을 우선하겠다는 각오는 이념과 계급적 투쟁을 강조하는 북의 요구에 부응할 수 없었고, 이태준이 종전 후 미국의 앞잡이로 몰려 숙청당한 것은 따라서 당연한 귀결이라 할 수 있다.

그는 6·25 이후 김일성 소설을 쓰라는 당의 요구를 거절[35]

해 사상투쟁 대상이 되었고 마침내 숙청될 정도로 문학의 예술성이 훼손되는 것을 참고 견디지 못할 만큼 반골기질이 강했다. 비근한 예로, 「먼지」의 한뫼선생은 북쪽의 정책이 옳다고 믿으면서도 남한에 대한 소문을 자신이 확인하기 전에는 믿지 않겠다는 고집을 보이기도 한다.

> 한뫼선생은 북조선 정치노선이 옳은 줄은 안다. 그러나 북조선 신문들이 보도하는 남조선 사태를 남조선의 진상으로 믿으려고는 하지 않는다. 왜? 자기 눈으로 보지 않았기 때문이다.
> 한뫼선생은 자기의 60년 생애에 믿을 수 있었던 일보다 믿을 수 없었던 일이 더 많던 세상임을 잘 안다. 남이 다 건너는 돌다리도 자기 손으로 두드려보기 전에는 결코 건너지 않는다.
> • 「먼지」

"남이 다 건너는 돌다리도 자기 손으로 두드려보기 전에는 결코 건너지 않는다"는 처세관은 「해방전후」에서 다소의 흥분기마저 드러내며 적극적으로 현실개혁에 참여하고자 했던 '현'의 태도와는 상당한 거리가 있어 의외의 감마저 든다. 그러나 달리 생각하면 이 소설을 통해 이태준은 아지·프로 일색의 북한과 소련의 정책이나 문화에 더 이상 휘둘리지 않겠다는 의지를 보여주려 했던 것으로 보인다. 젊은 시절부터 이태준은 루나찰스키류의 사회주의 문학론에 반감을 가지고 있었고 소련에 가서도 사회주의 리얼리즘의 창작방법론과 예술성 사이의 충돌을 어떻게 해결하는가 하는 문제에 매우 민감한 반응을 보여왔다.

사회주의 리얼리즘의 창작방법론에 충실하자면, 「먼지」의 한뫼선생은 남한의 타락상을 직접 확인한 뒤 북한에 귀환해 적극적으로 북한 정책을 옹호하는 것으로 마무리되어야 마땅하다. 그것이 사회주의 리얼리즘이 요구하는 당성과 인민성 등에 합당한 소설구조의 논리적 귀결이기 때문이다. 그럼에도 작품의 결말 부분에서 한뫼선생이 38선을 월경하려다 카빈총(당시 카빈총은 남측 병사들이 사용하던 총기였다)에 맞아 죽는 것으로 설정된 것은 남한은 물론이고 북한의 정책에 대해서도 일정한 비판과 거리를 두고자 한 의도가 내재된 것으로 해석될 수 있다. 간단히 말해, 한뫼선생(더 나아가 작가 이태준)이 평생 노심초사했던 것은 민족과 국가의 건전한 발전이었지 사회주의 이데올로기는 아니었던 것이다. 이런 점에서 볼 때 해방 후 이태준이 보여준 행보는 특정한 이념의 선택이 아니라 자신이 생각하는 민족주의의 정당한 방향이었던 것으로 보는 편이 옳다.

맺음말

 납·월북작가 해금 이후 상허 이태준은 마치 되살아나기라도 한 듯 집중적인 관심과 조명의 대상이 되었다. 1990년 이후 지금까지 발표된 이태준 관련 논문(평론 포함)은 200편이 넘으며, 이태준 문학을 사랑하는 소장 연구가 중심으로 '상허학회'란 학술단체도 결성되었다. 우리나라에는 수많은 학술단체가 있지만, '상허학회'처럼 특정 작가의 이름을 딴 단체는 전례가 없는 일이었다.

 어려서 고아가 된 뒤 문학적으로 성공한 이태준의 삶의 역정은 이광수와 여러모로 대비된다. 두 사람은 고아로서 혹독한 시련을 겪고도 문학사에서 거대한 족적을 남긴 공통점이 있지만, 개인적 성격이나 사상에서는 상반되는 면모를 보여준다. 이광수는 영락한 양반이었던 아버지를 부정하고 혐오한 데 반해, 이태준은 해삼위(블라디보스토크)에서 숨진 아버지를 평생 존경하며 선친에게 부끄럽지 않은 삶을 살려 노력했다. 또한 이광수는 초기 논설과 작품을 통해 '조선적인 것(전통)'을 거의 무조건 부정했지만, 이태준은 옛것에서 삶의 지혜를 얻는 '상고주의'를 옹호했다. 해방 후 이광수는 '반민특위' 법정에 서는 굴욕을 겪다가 6·25 때 강제 월북되어 생사를 알 수 없지만, 이태준은 좌익세력과 함께 활동하다가 월북한 뒤 숙청되어 생사가 묘연하다. 두 사람 모두 '민족주의'를 내세웠으나, 각자가 이해하고 실천했던 민족주의의 이념과 방향은 전혀 다른 것이었다. 이광수는 우리 민족의 잘못된 점을 부각시킴으로써 민족적 열등감을 조장했고, 이태준은 해방 후 사회주의 이데올로기를 민족주의로 오해함으로써 자멸의 길을 걸었다.

이태준 문학에 대한 평가는 해방 전/후, 해금 전/후로 확연히 구별되는 양상을 보인다. 해방 전 이태준은 '소설의 상허'란 말을 들을 정도로 문단에서 상당한 대접을 받았으나 해방 후 오랫동안 한국문학사에서 그의 이름과 문학은 잊혀진 존재가 되었다. 그리고 납·월북작가 해금 이후 소장 연구가들이 새로운 시각과 방법론으로 그의 인간됨과 문학을 해석하기 시작했다. 이태준 문학이 거둔 성과는 우아하고 기품 있는 전통적 현대문의 창조, 삶에 대한 다양한 해석과 여러 유형의 인물들의 형상화에 성공한 점, 국권 상실의 위기

상황 속에서 전통 단절을 막아내고자 노력한 전통 계승주의, 전통적 문화와 인간에 대한 깊은 사랑 등에서 찾을 수 있다. 그러나 이런 긍정적 평가는 주로 단편소설과 수필에 한정되고, 최인훈은 『화두』에서 이태준의 장편은 단 한 편도 건질 게 없다고까지 말한다.

우리나라 작가들은 단편이 소설의 본령이고 장편은 여기로 생각하는 고정관념을 가지고 있다. 이태준 역시 이런 선입관을 버리지 못해 작가 스스로 제 작품을 대수롭지 않게 평가하는 일이 아무렇지도 않게 벌어진다. 그러나 이태준의 장편은 누구의 말처럼 '동공이곡'(同工異曲)의 졸작이 아니라 대중성과 계몽성을 고루 갖춘 '작품'이다. 『제이의 운명』이나 『사상의 월야』에서 우리는 이태준의 삶과 인격이 어떤 과정을 통해 형성되었는가를 짐작해볼 단서를 발견하고, 『성모』, 『불멸의 함성』 등의 작품에서는 근대사회에서 적극적으로 살아가는 미래지향적 여성상을 만나게 된다. 대부분의 장편소설에서 남녀 주인공의 연애사건이 핵사건을 형성하면서도 은근히 연애의 폐단을 강조하는 방향으로 서사가 진행되는 것도 특기할 만하다.

이태준의 행적이 소상히 밝혀지지 않은 것처럼, 이태준 문학도 아직 각론에 머물고 있는 인상이다. 비근한 예로, 당대의 가장 뛰어난 스타일리스트였던 그의 문체에 관한 본격적

논문이 없다. 이태준 연구에 뛰어든 지 20년, 막상 이태준의 삶과 문학을 정리하다 보니 해야 할 일이 많은데 그동안 너무 게으름을 피웠다는 자괴감만 든다.

주

1) 김명렬, 「내가 본 외삼촌 이태준」, 『문학사상』, 2004. 4, 160쪽.

2) 봉명학교의 설립자는 이태준의 당숙 이봉하(李鳳夏, 이용하의 형)로 대한독립애국단 강원도 단장을 지내다 체포되어 실형을 살기도 했다. 이봉하는 이태준을 특히 아껴 그가 철원에 오면 쇠고기를 대접하였고, 성북동 집을 지을 때는 재목도 보내주었다고 한다.

3) 김진계 · 김응교, 『조국』(하), 현장문학사, 1991(재판), 179쪽(민충환, 「이태준의 전기적 고찰」에서 재인용).

4) 최진이, 「"이 책을 누구에게도 보이지 말 것"」, 『문학사상』, 2004. 4, 168쪽.

5) 백철, 「사악한 예원의 분위기」, 『동아일보』, 1933. 10. 1.

6) 홍효민, 「'구인회'에 대한 비판」, 『동아일보』, 1934. 1. 10.

7) 이태준의 소설에 대한 견해가 드러나 있는 글은 대략 다음과 같다. 「글 쓰는 법 A, B, C」, 『中央』, 1934. 6~1935. 1; 「近感數題—누구를 위하여 쓸 것인가」, 『조선일보』, 1937. 5. 25~26; 「生活樣式과 立體的 構成」, 『조선일보』, 1937. 7. 15; 「참다운 藝術家 노릇—이제부터 할 決心이다」, 『조선일보』, 1938. 3. 1; 『小說讀本』, 女性, 1938. 7; 「理想을 語하는 李泰俊氏」, 『三千里』, 1931. 1; 『無序錄』, 박문서관, 1944; 『尙虛文學讀本』, 백양사, 1946.

8) 황종연, 「『문장』과 문학의 정신사적 성격」, 『동악어문논집』 제 21집, 동악어문학회, 1985, 117쪽.

9) 김윤식 · 김현, 『한국문학사』, 민음사, 1979, 199쪽.

10) 김윤식, 『한국근대문학사상비판』, 일지사, 1978, 140쪽.

11) 같은 책, 96쪽.

12) 강만길, 『한국현대사』, 창비, 1984, 92쪽, 93쪽.

13) 유종호, 「'인간사전'을 보는 재미」, 『1930년대 민족문학의 인식』, 한길사, 1990, 299쪽.

14) 한완상, 『민중과 지식인』, 정우사, 1978, 54쪽, 55쪽.

15) 제령(帝令) 제2호 '조선 광업령 개정'과 부령(府令) 제78호 '금 탐광 장려금교부규칙' 및 부령 제59호 '저품위 금광석 매광 장려금 교부규칙' 등 일련의 산금장려정책이 잇달아 공포되면서 조선의 골드 러시에 불이 붙게 되었다. 이리하여 조선의 산야는 무분별한 금광에의 열기로 황폐화되어 갔지만, 정작 금광개발로 치부한 이들은 일본인들이었다. 예컨대 1933년도의 광산액 (鑛山額) 4,830만여 원의 내역을 살펴보면 일본인 75퍼센트, 조선인 16퍼센트, 기타 9퍼센트의 비율로 조선인이 금광개발에 성공한 사례는 20퍼센트에도 미치지 못하고 있는 것이다. 당시 이름난 조선인 금광재벌은 박화섭(朴華燮) · 이종만(李鍾萬) · 방응모(方應謨) · 최창학(崔昌學) · 박기효(朴基孝) 등 손으로 꼽을 정도에 지나지 않는 것만 보아도 산금장려정책의 실상을 알 수 있다. 위의 통계수치는 조선총독부, 『施政25年史』, 1935 (임종국, 『한국문학의 민중사』, 실천문학사, 1986, 160쪽, 161쪽에서 재인용).

16) '숙맥'(菽麥)은 콩과 보리조차 제대로 구별하지 못하는 천생의 바보를 가리킨다. 그는 외양이나 정신세계가 한결같이 열등하

고 모자란 위인이기도 하다. 이와 비슷한 개념으로 '맹꽁이'가 있다. 맹자를 공자의 스승으로 아는 바보를 뜻한다고 하지만, 어원이 불확실하다는 점 때문에 쓰지 않는다. 이에 반해 '엉터리'는 자신을 실제 이상으로 과장하고 혼자 잘난 체하지만 실상은 전혀 반대인 '겉똑똑이—속바보'를 지칭한다.

17) 이희승 엮음, 『국어대사전』, 민중서림에는 '처사(處士)의 뜻이 "세파의 표면에 나서지 않고 조용히 야(野)에 파묻혀 사는 선비"로 정의되어 있고, 연대와 작가 미상의 가사(歌辭) 「처사가」는 "天生我才 쓸데없어 世上功名 하직하고 養閑守命ᄒᆞ야 雲林處士 되오리라"로 시작하여 "回還麋鹿 벗시되여 萬壑千峰 오며가며 石路蒼苔 막혀쓰니 塵世消息 끗혀세라 아마도 事無閑身은 나뿐인가 하노라"로 끝맺고 있다. 이로 미루어 전통적 의미에서의 처사는 세상사와는 완전히 단절하고 살아가는 은둔지사를 일컫는 개념으로 이해할 수 있다.

18) 김윤식, 『이광수와 그의 시대』 1, 솔, 1999, 37쪽.

19) 김동석, 『예술과 생활』, 박문출판사, 1947, 22쪽.

20) 김철, 「몰락하는 신생—'만주'의 꿈과 「농군」의 오독」, 『해방전후사의 재인식』, 책세상, 2006.

21) 위 글은 문학작품을 읽고 분석하는 과정에서 우리가 고려하고 유의해야 할 문제점들이 무엇인가를 재삼 숙고하게 하는 의미 있는 글이다. 특히 이 글의 필자가 「농군」과 관련한 중요한 자료들을 면밀히 검토하면서 대다수 연구가들이 무심히 지나쳤던 '사실'과 '소설'의 관련 양상 및 작가의 의도를 끈질기게 문제 삼은 학구적 태도는 인정할 만하다. 하지만 그가 「농군」과 만보산사건의 괴리를 지적하며 제기한 문제점들은 "과도한 비판과 의도적인 오독"에서 비롯된 오류들로 보인다. 그가 제기한 문제

점의 오해(또는 오류)를 요약 정리하면 다음과 같다.

첫째, 「농군」은 한국 소설사에서 거의 유일하게 만보산사건을 소재로 한 작품이 아니다. 그것은 이태준이 소설의 시대적 배경을 장작림 정권 시대로 못박아 놓았기 때문이다. 그러므로 「농군」에 그려진 서사와 만보산사건의 진상이 다르다고 비난하는 것은 옳지 못하다.

둘째, 만보산사건과 관련하여 "조선 농민들이 일본 영사관 경찰에 보호를 요청"했다는 김철의 주장은 다소 과장되었거나 선입견이 개입된 견해로 보인다. 무엇보다 이토 에이노스케의 「만보산」에는 일본 경찰이 조선 농민을 위해 어떤 행동도 취하지 않은 것으로 되어 있다.

셋째, 「이민부락견문기」에서 '배는 부른 마을'의 '-는'의 기능을 고려하지 않고 장쟈워푸 주민들의 삶을 "그런대로 평화롭고 넉넉한 일상"으로 해석한 것은 명백한 오독이다.

넷째, 따라서 「이민부락견문기」가 '밝음'의 기록이라면 「농군」이 '어둠'의 기록이라는 해석도 받아들이기 어렵다. 기행문에서 장쟈워푸 주민들의 현재와 미래의 삶에 대해 낙관하고 있다는 징표는 어디에서도 찾아보기 힘들기 때문이다.

22) 김대환, 『한국인의 민족의식』, 이화여자대학교출판부, 1985, 42쪽, 43쪽.

23) 조선기독교청년회에서 두영은 이××박사(이승만을 지칭하는 것으로 짐작됨 —인용자)가 기독학원 학감과 불미스런 관계를 맺고 있다는 얘기를 전해 듣는다. 그것을 두영은 우리 민족의 나쁜 버릇 중의 하나인 당파싸움으로 이해하지만, 석연치 못한 데가 있다. 이 정보만으로 작가의 정치적 입장을 파악하기는 곤란하나, 그는 이승만에 대한 소문을 듣고 무척 분노했으리란 짐

작은 가능하다. 그것은 이태준이 해삼위에서 사망한 선친을 항상 존경하면서 선친의 이름에 부끄럽지 않은 행동을 하려 노력했다는 점과도 상통한다.

24) 이봉하(1886. 7. 17~1963. 1. 29)는 1919년 8월 11일 철원군 내 도피안사(到彼岸寺)에서 대한독립애국단 철원군단을 결성하고 동군단장으로 선임되어 활약했다. 이때 동단에서는 각 지부의 활동이 활발했는데 그중에도 철원군단에서 승격한 강원도단의 규모가 가장 크고 활동도 활발했다. 이봉하는 상하이 임시정부에서 파견된 신상완을 통해 대한민국 정부수립 축하 독립만세 시위 계획을 전달받고 1919년 10월 10일 만세시위를 벌였다. 이 사건으로 1920년 1월 강원도단의 조직이 발각됨으로써 일경에 체포되어 징역 1년형을 언도받고 옥고를 치르기도 했다. 1963년 대통령표창, 1990년 건국훈장 애족장을 받았다.

25) 이동진, 「근접하기 어려웠던 아저씨」, 『이태준문학연구』, 깊은 샘, 1993, 418쪽.

26) 현수, 『적치(赤治) 6년의 북한문단』, 국민사상지도원, 1952, 154쪽.

27) 당 중앙위원회, 「조선민족문화건설의 노선(잠정안)」, 『해방일보』, 1946. 2. 9.

"사회주의를 내용으로 하고 형식에 있어 민족적인 민족문화는 사회주의적 경제체제를 반영한 문화형태이므로, 우리에게는 아직 이러한 정치경제의 토대가 서있지 않기 때문에 이러한 사회주의적 민족문화는 아직 있을 수 없다."

28) 이태준, 「시대성과 예술성」, 『서울신문』, 1946. 1. 25.

1. 취재는 민족 공통의 문제와 연관되어야 할 것

2. 계몽적이어야 할 것 (······) 첫째, 사상적인 면, 둘째, 국어국

문의 보급

3. 예술이어야 된다. (……) 아무리 거대한 것일지라도 민족적 문제를 제시하는 데 그치거나, 완전한 것도 계몽교과서의 임무만으로서는 '문화'의 운동일 뿐 '문학'의 운동이 아니며 결과적으로는 '문학의 건설'은 아니다.

29) 현수는 이기영의 『땅』이 북한의 문화부장 김창만의 지시에 의해 쓰여졌다고 말하면서, 이태준의 『농토』도 그런 사정하에서 쓰여졌을 것이라고 밝히고 있다. 또한 그는 "그 주인공으로 자작농이 선택되었다는 이유로 비난이 많았다"는 흥미로운 진술을 하고 있다(현수, 앞의 책, 1952, 28쪽). 현수의 이러한 지적은 그의 기억력의 혼동에서 비롯된 착오가 아니라면 이태준이 주위의 비난을 받은 후 약간의 손질을 거쳐 발표했을 가능성을 시사한다. 그러나 그 어느 것도 확인할 수 없다.

30) 김일성, 「문화와 예술은 인민을 위한 것으로 되어야 한다(문화인들은 문화전선의 투사로 되어야 한다)」, 『김일성저작집』 2, 조선로동당출판사, 1979, 231~235쪽.

31) 신고송, 「해방후 4년간의 문학예술계의 약진상」, 『조소문화』, 1949. 8, 17쪽, 18쪽.

32) 이러한 판단은 앞서 지적했던 현수의 글이 단순한 추측만은 아닐 것이라는 사실을 확인시켜준다. 이기영의 『땅』이 1948년 5월에 발표되고 곧이어 『농토』가 발간된 사실로 미루어보더라도 이 작품이 토지개혁을 주제로 한 작품을 창작하라는 당의 지령과 전혀 무관하게 쓰여진 것이라고 여겨지지는 않는다. 참고적으로 지적하면, 안함광은 『농토』를 가리켜 "토지개혁을 중심으로 농민의 성장만이 아니라 조선사회의 발전사의 일단면을 제시"한 작품이라고 치켜세우고 있다. 안함광, 「8·15해방이후 소

설문학의 발전과정」,『문학의 전진』, 문화전선사, 1950, 29쪽.

33) 루카치, 문학예술연구회 옮김,『우리시대의 리얼리즘』, 인간사, 1986, 94쪽.

34) 최근에 북한의 내무성 부상을 지냈던 강상호(姜尙昊) 씨가 증언한 바에 따르면 이태준은 당의 지령을 고분고분하게 따르지 않았던 것으로 보인다. "내게 죄가 있다면「황해제철·청진제철 등 공장과 기업에 나가 이들 공장노동자들이 김일성 수상의 빨찌산 혁명정신을 받들어 불철주야 공장을 가동해 생산을 배가하고 있다는 내용의 소설을 만들어 김일성 수상의 사상과 당의 영도, 마르크스 레닌 정신 등이 반영되고 인민들에게 감동을 주게 하라」는 당의 명령을 거역한 뿐이다. 나는 그 같은 작품들을 쓴 이기영과 한설야를 정통작가로 보지 않는다. 분명히 말하지만 나는 그들처럼 작가의 양심을 뭉개고 개인숭배에 앞장서는 변절 작가가 될 수 없다."『중앙일보』, 1993. 6. 15.

35) 김홍균,「월북작가 이태준의 '통곡의 가족사'」,『월간중앙』, 2000. 11, 288쪽 참조. 당초 이태준이 사상투쟁 무대에 오른 것은 그가 정치성 없는 글을 쓴다는 이유였다. 김일성 형상소설을 안 쓴다는 것이었다. 과제와 함께 시간도 줬으나 이태준은 번번이 공탕을 친다. 그런 이태준이 하루는 가족들 앞에서 자신의 심경을 털어놓는다. "나는 작가적 양심과 타협하지 못하겠다. 김일성 소설을 정말 못쓴다. 김일성과 체험이 전혀 없는데 어떻게 그의 글을 쓴다는 말이냐? 작가가 체험 안 하고 쓴 글은 글이 아니다." 이와 함께「고향길」(1950)에는 김일성이 축지법을 쓰냐는 부하들의 질문에 "보통사람 이상 능숙해지면 보통사람에겐 귀신처럼 뵈는 법이거던……"이라며 얼버무리는 인물이 등장할 정도로 김일성 신격화에 반감을 가지고 있었다.

이태준 연보

1904년(1세)   11월 4일, 강원도 철원군 묘장면 산명리에서 태어
               남. 호적상 이름은 규태(奎泰)로 기록.

1909년(6세)   가족이 해삼위(블라디보스토크)로 이주. 겨울 아
               버지 별세 후 귀국 중 함북 배기미에 정착.

1912년(9세)   어머니 별세, 외조모와 함께 철원 용담으로 귀향.

1915년(12세)   안협 당숙집에 입양했으나 다시 용담으로 돌아와
               당숙(이용하)의 집에 기거하며 철원 사립 봉명학
               교에 입학.

1918년(15세)   3월, 봉명학교를 우등으로 졸업, 철원 읍내 간이농
               업학교에 입학하나 한 달 후 가출하여 여러 곳을
               방랑하다 원산 등지에서 객주집 사환 등으로 2년
               여를 보냄. 외조모의 보살핌 속에 문학 서적 탐독.
               이후 중국 안동현까지 인척 아저씨를 찾아갔다가
               뜻을 이루지 못하고 경성으로 돌아옴.

1920년(17세)   4월, 배재학당 보결생 모집에 응시하여 합격하나
               등록하지 못함.

1921년(18세)   4월, 휘문고등보통학교 입학. 상급반에 정지용과 박
               종화, 하급반에 박노갑. 스승 가람 이병기를 만남.

1924년(21세)	『휘문』 학예부장으로 활동하며 동화 「물고기 이야기」 등을 발표.
	6월 13일, 동맹휴교의 주모자로 지적되어 5년 과정 중 4학년 1학기에 퇴학당함. 휘문고보 친구인 김연만의 도움으로 일본 유학.
1925년(22세)	일본에서 단편소설 「오몽녀」를 『조선문단』에 투고하여 입선. 『시대일보』에 발표하며 등단.
1927년(24세)	4월, 도쿄 조치대학 예과에 입학.
	11월, 학교를 중퇴하고 귀국.
1929년(26세)	『개벽』사 기자로 입사하여 『학생』, 『신생』 등의 잡지 편집.
1930년(27세)	이순옥과 결혼.
1931년(28세)	『조선중앙일보』 학예부 기자로 취직. 장녀 소명 출생.
1932년(29세)	이화여전 등에 출강. 장남 유백 출생.
1933년(30세)	'구인회' 조직. 경성부 성북경 248번지로 이사, 월북하기 전까지 이곳에서 거주.
1934년(31세)	차녀 소남 출생.
1935년(32세)	『조선중앙일보』를 퇴사하고 창작에 몰두.
1936년(33세)	차남 유진 출생.
1937년(34세)	「오몽녀」가 영화화됨(감독 나운규, 주연 윤봉춘·노재신).
1938년(35세)	만주 지방 여행.
1939년(36세)	『문장』지 편집인으로 신인 작품 심사. 황군위문작가단 및 조선문인협회 등에서 활동.
1940년(37세)	삼녀 소현 출생.
1941년(38세)	제2회 조선예술상 수상.

1943년(40세)	강원도 철원 안협으로 낙향.
1945년(42세)	문화건설중앙협의회 · 문학가동맹 · 남조선민전 등의 조직에 참여, 문학가동맹 부위원장 · 민전 문화부장 · 현대일보 주간 등 역임.
1946년(43세)	월북, 「해방전후」로 제1회 해방문학상을 수상. 8월 10일부터 10월 17일까지 '방소문화사절단'의 일원으로 소련의 모스크바와 레닌그라드 등지를 여행.
1947년(44세)	5월, 『소련기행』 출간.
1948년(45세)	8·15 북조선최고인민회의 표창장 수상. 북조선문학예술총동맹 부위원장 · 국가학위수여위원회 문학분과 심사위원.
1949년(46세)	「호랑이 할머니」 발표.
1950년(47세)	6·25 중 낙동강 전선까지 종군, 서울에서 문학동맹 사람들을 모아놓고 전과 보고 연설.
1952년(49세)	남로당과 함께 숙청될 위기에서 소련파 기석복의 후원으로 대상에서 제외.
1956년(53세)	소련파의 몰락과 더불어 과거 '구인회' 활동과 사상성을 이유로 1월 조선노동당중앙위원회 상무회의 결의로 임화 · 김남천과 함께 가혹한 비판을 받고 숙청. 이후의 기록은 소문에 의한 것이어서 확신하기 어려움.
1957년(54세)	함흥노동신문사 교정원으로 배치.
1958년(55세)	함흥 콘크리트 블록 공장의 파고철 수집 노동자로 배치.
1964년(61세)	중앙당 문화부 창작 제1실 전속 작가로 복귀.

1969년(66세)　　김진계의 구술 기록(『조국』, 현장문학사, 1991)에 의하면, 1월경에 강원도 장동탄광 노동자지구에서 사회보장으로 부부가 함께 살고 있었다고 함. 이후 사망. 1953년 남로당파의 숙청이 끝난 가을, 자강도 산간 협동농장에서 막노동을 하다가 1960년대 초 병사했다는 설도 있음. 최진이에 따르면, 1978년경 사망한 것으로 추정되나, 뚜렷한 증거는 없음.

작품목록

제목	게재지 · 출판사	연도

■소설

五夢女	시대일보	1925. 7. 13
幸福	학생	1929. 3
모던껄의 晚餐	조선일보	1929. 3. 19

  *『달밤』에는 「晚餐」으로 개제(改題).

그림자	근우(창간호)	1929. 5
溫室花草	조선일보	1929. 5~12
百科全書의 新意義	신소설	1930. 1
妓生 山月이	별건곤	1930. 1

  *『달밤』에는 「山月이」로 개제.

恩姬夫妻	신소설	1930. 5
어떤 날 새벽	신소설	1930. 9
久遠의 如像	신여성	1931. 3~1932. 8
結婚의 惡魔性	혜성	1931. 4. 6

  *『달밤』에는 「結婚」으로 개제되고 남편 이름도 H에서 T로 바뀜.

故鄉	동아일보	1931. 4. 21~29

불도나지 안엇소, 도적도 나지 안엇소, 아무일도 없소

	동광	1931. 7

　*『달밤』에는 「아무일도 없소」로 개제.

봄	동방평론	1932. 4
不遇先生	삼천리	1932. 4
天使의 憤怒	신동아	1932. 5
失樂園이야기	동방평론	1932. 7
서글픈 이야기	신동아	1932. 9
코스모스 이야기	이화	1932. 10
슬픈 勝利者	신가정	1933. 1
꽃나무는 심어놓고	신동아	1933. 3
法은 그러치만	신여성	1933. 4~1934. 4
미어기	동아일보	1933. 7. 23
第二의 運命	조선중앙일보	1933. 8. 25~
		1934. 2. 23
아담의 後裔	신동아	1933. 9
어떤 젊은 어미	신가정	1933. 10
코가 복숭아처럼 붉은 여자	조선문학	1933. 10
馬夫와 敎授	학등	1933. 10
달밤	중앙	1933. 11
박물장사 늙은이	신가정	1934. 2~7
氷點下의 憂鬱	학등	1934. 3
촌띄기	농민순보	1934. 3
不滅의 喊聲	조선중앙일보	1934. 5. 15~
		1935. 3. 30

달밤	한성도서	1934. 7
點景	중앙	1934. 9
어둠	개벽	1934. 11

*『가마귀』에는 「愚菴老人」으로 바뀌고 주인공 이름도 '海石노인'에서 '우암노인'으로 개명.

愛慾의 禁獵區	중앙	1935. 3
聖母	조선중앙일보	1935. 5. 26~
		1936. 1. 20
색시	조광	1935. 11
孫巨富	신동아	1935. 11
純情	사해공론	1935. 11
三月	사해공론	1936. 1
가마귀	조광	1936. 1
黃眞伊(연재 중단)	조선중앙일보	1936. 6. 2~6. 30
바다	사해공론	1936. 7
장마	조광	1936. 10
鐵路	여성	1936. 10
第二의 運命	한성도서	1937. 2
福德房	조광	1937. 3
코스모스 피는 庭園	여성	1937. 3~7
久遠의 女像	영창서관	1937. 6
沙漠의 花園	조선일보	1937. 7. 2
花冠	조선일보	1937.7.29~12.22
가마귀	한성도서	1937. 8
浿江冷	삼천리문학	1938. 1
黃眞伊	동광당서점	1938. 2

花冠	삼문사	1938. 9
寧越令監	문장	1939. 2~3
딸 삼형제	동아일보	1939. 2. 5~7. 19
阿蓮	문장	1939. 6
農軍	문장	1939. 6
三姉妹	문장사	1939. 11
李泰俊 短篇選	박문서관	1939. 12
靑春茂盛(연재 중단)	조선일보	1940. 3. 12~8. 11
밤길	문장	1940. 5~6 · 7
靑春茂盛	박문서관	1940. 10
福德房(일어)	일본사	1941. 1
토끼 이야기	문장	1941. 2
李泰俊 短篇集	학예사	1941. 3
思想의 月夜	매일신보	1941. 3. 4~7. 5
별은 窓마다	신시대	1942. 1~1943. 6
幸福에의 흰 손들	조광	1942. 1~1943. 6

* 후에 『三人友達』(남창서관, 1946), 『세동무』(범문사, 1946), 『新婚日記』(광문서림, 1949) 세 작품으로 나뉘어 개제.

사냥	춘추	1942. 2
夕陽	국민문학	1942. 2
王子好童	매일신보	1942. 12. 22~
		1943. 6. 16
無緣	춘추	1942. 6
石橋	국민문학	1943. 1

* 『돌다리』(박문서관, 1943)에서 「돌다리」로 개제.

王子好童	남창서관	1943. 11

三人友達	남창서관	1943. 11
돌다리	박문서관	1943. 12
뒷방마님	『돌다리』	1943. 12
별은 窓마다	박문서관	1945. 3
즐거운 記憶	한성일보	1945. 10
너	시대일보	1946. 2
不死鳥 (연재중단)	현대일보	1946. 3. 27~7. 19
세 동무	범문사	1946. 5
解放前後	문학	1946. 8
思想의 月夜	을유문화사	1946. 11
解放前後	조선문학사	1947
돌다리	을유문화사	1947
복덕방	을유문화사	1947
農土	삼성문화사	1948. 8
첫전투	문학예술(4호)	1948. 12
新婚日記	광문서림	1949. 2
아버지의 모시옷	『첫전투』	1949. 11
호랑이 할머니	『첫전투』	1949. 11
삼팔선 어느 지구에서	『첫전투』	1949. 11
첫전투	문화전선사	1949
먼지	문학예술	1950. 3
고향길	재일본조선인 교육자동맹	1952
고귀한 사람들	『고향길』	1952
고향길	『고향길』	1952
백배천배로	『고향길』	1952
누가 굴복하는가 보자	『고향길』	1952

미국 대사관	『고향길』	1952
네거리에 선 전신주	『고향길』	1952
두 죽음		1952
이태준 전집(1~14)	깊은샘	1988. 5
이태준 문학전집(1~18)	서음출판사	1988. 8
해금문학전집(1~2)	삼성출판사	1988. 10
북으로 간 작가 선집(3~4)	을유문화사	1988. 12
이태준 문학전집	깊은샘	1994

■ 희곡

엇던 날의 뻬-토벤	학생	1929. 9
어머니	중앙	1934. 1
山사람들	중앙	1936. 2

■ 평론

稻香생각 몇가지	현대평론	1927. 8
朝鮮의 文學評論은 어디로 歸結될가?―問題漠然		
	대조 (3호)	1930. 5
詩人·冥想·豫言: 自然과 그 禮讚者		
	매일신보	1931. 2. 1~5
學生連作小說槪評	학생	1931. 3~5
사라지는 서울의 시	조선일보	1932. 1. 28
讀書小論	신생(38호)	1932. 2
투르게-넵흐와 나	조선일보	1933. 8. 22~26

增訂 文章講和	박문서관	1948
신문장강화	재일본조선인 교육자동맹	1952

■ 수필

결茶와 握手	별건곤	1929. 1
야단들이다	학생	1929. 4
추억(중학시대)	학생	1929. 4
도보 삼천리	학생	1929. 7
소	신생	1929. 7
여름	학생	1929. 8
유령과 종로	별건곤	1929. 10
오십전 銀貨	신소설	1930. 1
路上	신생	1930. 2
張主事不知	별건곤	1930. 3
봄비소리	신생	1930. 3
복사꽃	학생	1930. 4
신록	별건곤	1930. 6
惡伴侶	신민	1930. 7
여름날의 옛긔역 — 무지개	어린이	1930. 7
귀뚜라미	별건곤	1930. 8
모기장 속	신민	1930. 8
눈 온 아침	신생	1930. 12
두 강도의 면영과 직업적 냉정 문제		
	철필	1931. 1
봄날이외다	신생	1931. 3

목포 조선 현지 기행	신시대	1944. 6
여성에게 보내는 말―선후의 분별		
	여성문화	1945. 12
산업문화에서의 창씨개명 문제	우리공론	1945. 12
붉은 광장에서―소련기행	문학(3호)	1947. 4
蘇聯紀行	백양당	1947. 5

■동화

물고기 이약이	휘문	1924. 6
어린 守門將	어린이	1929. 1
불상한 소년미술가	어린이	1929. 2
슬픈 명일 秋夕	어린이	1929. 5
쓸쓸한 밤길	어린이	1929. 6
불상한 三兄弟	어린이(7·8호)	1929. 7
눈물의 入學		1930. 1
6월의 하누님	어린이	1930. 6
과꽃	어린이	1930. 8
외로운 아이	어린이	1930. 11
몰라쟁이 엄마	어린이	1931. 2
6월과 구름	어린이	1931. 6

■기타

나의 총결산(앙케트)	신동아	1932. 12
돌연 눈이 먼다면(앙케트)	신동아	1933. 7

송년사(앙케트)	신가정	1933. 12
文化問答, 趣味問答, 渡世問答, 生活問答(앙케트)		
	조광	1937. 2
長篇小說論(좌담)	조선일보	1938. 1. 1
推薦作品選後(심사평)	문장	1939. 4
推薦作品選後(심사평)	문장	1939. 5
小說選後(심사평)	문장	1939. 6
小說選後(심사평)	문장	1939. 8
문학의 제문제(좌담)	문장	1940. 1
선생이 가지신 시계는(앙케트)	여성	1940. 6
현대 여성의 고민을 말한다(좌담)		
	여성	1940. 8
許民 君의「魚山琴」을 추천함(심사평)		
	문장	1941. 1
문학의 제문제(좌담)	문장	1941. 1
大東亞轉記(이무영 공역, 번역서)		
	인문사	1943. 2

연구서지

K기자, 「동인과 상허」, 『백민』, 1946. 12.

강금숙, 「젠더(Gender) 공간구조로 본 서사체 연구」, 이화여대 박사학위논문, 1989. 8.

_____, 「'아담의 후예'에 나타난 '젠더 공간'의 양상」, 『외국문학』 22호, 1990. 3.

강대원, 「이태준 단편소설 연구」, 세종대 석사학위논문, 1997.

_____, 「이태준의 단편 속에 등장하는 바보인물」, 『한민족문화연구』 11호, 2002. 12.

강병구, 「이태준 역사소설 연구」, 충남대 교육대학원 석사학위논문, 1990.

강원시사평론사 엮음, 「한국 단편소설의 완성자 상허 이태준」, 『시사평론』 2호, 2002. 2.

강진호, 「이태준 연구―단편소설을 중심으로」, 고려대 석사학위논문, 1987. 8.

_____, 「해방 후 이태준 소설의 변모양상」, 『어문논집』, 고려대, 1991. 12.

_____, 「이상과 현실의 거리―해방기 이태준 소설론」, 『문학과논리』 2호, 1992.

_____, 「동경과 좌절의 미학」, 『이태준문학연구』, 깊은샘, 1993. 12.

_____, 『이태준의 문학세계』, 말글생활, 1994.

_____, 「동경과 좌절, 그리고 욕망」, 『동서문학』, 1994. 3.

_____, 「개성, 문체 그리고 순수문학」, 『돌다리―이태준문학전집』 2, 깊은샘, 1995. 3.

_____, 「탁월한 문장가의 숨은 산실」, 『문화예술』, 1996.

_____, 「1930년대 후반기 소설의 전통 지향성 연구―이태준을 중심으로」, 『상허학보』 1집, 1999. 12.

공광규, 「민통선 문학기행―2004. 2. 21~22 철원일대」, 『포엠Q픽션』 12호, 2004. 2.

공미영, 「이태준 단편에 나타난 여성성 연구」, 인하대 교육대학원 석사학위논문, 1994.

공종구, 「이태준 초기소설의 서사지평 분석(1)」, 『국어국문학』 109호, 1993. 5.

_____, 「이태준 초기소설의 서사지평 분석(3)―'고향'」, 『선청어문』, 서울대, 1995.

_____, 「이태준 초기소설의 서사지평 분석(2)」, 『현대소설연구』 2호, 1995. 6.

_____, 『한국 근현대 작가 · 작품론』, 새미, 2001.

_____, 「이태준의 지식인 소설에 나타난 민족의식」, 『상허학보』 10집, 2003. 2.

구수경, 「이태준 소설의 구조적 특성 연구」, 『어문연구』 26집, 1995. 5.

권성우, 「이태준의 수필 연구―문학론과 상고주의에 대한 해석을 중심으로」, 『한국문학이론과 비평』 22호, 2004. 3.

권영민, 『월북문인 연구』, 문학사상사, 1989.

권택영, 「한국의 모더니즘, 그 대안 모색」, 『문학수첩』, 2003. 4.

김 철, 「몰락하는 신생 ― '만주'의 꿈과 '농군'의 오독」, 『상허학보』 9집, 2002. 8.

김강호, 「1930년대 한국 통속소설 연구」, 부산대 박사학위논문, 1994. 8.

_____, 「1930년대 통속소설의 구조 연구」, 『초전장관진교수 정년 기념국문학논총』, 1995. 8.

김광섭, 「'영월영감'과 역작 '무명'」, 『동아일보』, 1939. 1. 28.

김교봉, 「『농토』의 문예미와 사회주의적 리얼리즘의 성격」, 『송암화 갑기념논문집』, 1995. 5.

김국봉, 「이태준 장편소설에 나타난 갈등구조의 변모양상 연구」, 부산외대 교육대학원 석사학위논문, 1994. 8.

김규동, 「자유세계의 일원으로 ― 작가이태준에게」, 『평화일보』, 1956. 6. 27.

김기림, 「작가론 ― 스타일리스트 이태준씨를 논함」, 『조선일보』, 1933. 6. 25~26.

김길영, 「이태준 신문연재소설 연구」, 한국교원대 교육대학원 석사 학위논문, 2002.

김도형, 「이태준 단편소설의 변모과정 연구」, 경희대 석사학위논문, 1996.

김도희, 「이태준 장편 『왕자호동』의 중간 소설적 성격」, 『새얼어문 논집』 3집, 2000. 12.

_____, 「이태준 유년기 유랑체험의 소설에의 수용 양상」, 『한국문 학논총』 32집, 2002. 12.

_____, 「이태준 단편 '패강랭'의 항일 문학적 성격」, 『현대소설연 구』 20호, 2003. 12.

김동리, 「이태준론」, 『풍림』, 1937. 3.

김동석, 「'달밤'의 감격」, 『조선중앙일보』, 1948. 7. 24.

김동인, 「이태준 씨의 '애욕의 금렵구'」, 『매일신보』, 1935. 3. 27.

김명렬, 「내가 본 외삼촌 이태준」, 『문학사상』, 2004. 4.

김문집, 「신춘창작대관 ― '수난의 기록'과 '패강랭'」, 『동아일보』, 1938. 1. 21.

_____, 「이태준론」, 『삼천리문학』, 1938. 4.

김미순, 「이태준 소설 연구 ― 작중인물의 욕망을 중심으로」, 단국대 석사학위논문, 1990. 2.

김미정, 「이태준 소설 연구」, 경원대 석사학위논문, 1998.

김민선, 「이태준 단편소설의 인물유형 연구」, 단국대 석사학위논문, 2001.

김민정, 「이태준론」, 『한국학보』 91·92호, 1998. 9.

_____, 「'구인회'에 대한 일고찰」, 『문학사와 비평』 4호, 1997. 3.

김병학, 「'복덕방'의 인물유형 연구」, 『인문학연구』 30집, 조선대, 2003. 8.

김북남, 「이태준 장편소설연구」, 경희대 교육대학원 석사학위논문, 1995.

김상선, 「이태준론」, 『이선영교수 회갑논총』, 한길사, 1990.

_____, 「이태준 단편소설 연구」, 『인문학연구』 17집, 중앙대, 1990. 12.

_____, 「이태준 단편소설 연구」, 『현산김종훈박사 회갑기념논문집』, 집문당, 1991. 9.

_____, 「이태준 단편소설 연구(1)」, 『비평문학』 5, 1991. 10.

_____, 「이태준 단편소설 연구(2)」, 『비평문학』, 1992.

_____, 『상허 이태준 문학 연구』, 한빛미디어, 1993.

_____, 「상허 이태준 문학 연구」, 한빛미디어, 1994.

김상욱, 「이태준의 '석양'론―허무의 수사학」, 『국어교육』, 1996.

김상태, 「해방 공간의 소설」, 『현대문학』, 1988. 12.

김상태 외, 「한국현대작가 연구」, 푸른사상사, 2002.

김선학, 「시대의 풍향계 그리고 인간학」, 『문예중앙』, 1995.

김소예, 「이태준론―장편소설을 중심으로」, 『어문논집』, 성심여대, 1990.

김수경, 「해방기 상허소설 연구―『농토』의 인물분석을 중심으로」, 『전농어문연구』 3집, 서울시립대, 1990. 12.

_____, 「이태준 단편소설 연구」, 『전농어문연구』 4집, 서울시립대, 1991.

_____, 「이태준 연구―현실인식의 변모과정을 중심으로」, 서울시립대 석사학위논문, 1992. 2.

김수진, 「이태준소설에 나타난 근대성 연구」, 서울여대 석사학위논문, 1998.

김승환, 「부르조아 민주주의 혁명적 세계관으로부터 사회주의로의 소설적 전화와 해방공간 토지 문제로 현현된 주인과 노예의 변증법적 역전관계」, 『해방공간의 리얼리즘 문학 연구』, 태학사, 1990.

_____, 「해방공간의 농민소설 연구」, 서울대 박사학위논문, 1990.

김시태, 「구인회 연구」, 『논문집』, 제주대, 1976.

김애영, 「1930년대 가족사소설 연구―『삼대』, 『대하』, 『사상의 월야』를 중심으로」, 경남대 석사학위논문, 1994. 8.

김연숙, 「1920~30년대 소설에 나타난 '귀향'양식 연구―염상섭·이태준―이기영을 중심으로」, 경희대 석사학위논문, 1994. 2.

김연희, 「이태준 소설의 인물유형 연구―단편소설을 대상으로」, 전남대 석사학위논문, 1995.

김영숙, 「상허의 단편소설 연구─단편의 변모양상을 중심으로」, 전
　　　남대 교육대학원 석사학위논문, 1989. 6.

김영옥, 「이태준 단편소설 연구─죽음의 의식을 중심으로」, 단국대
　　　교육대학원 석사학위논문, 1997.

김영진, 「소설에 투영된 사회상─해방 공간의 소설들(1)」, 『우리문
　　　학』, 1992. 9.

김영화, 「상허 이태준 『달밤』 수록단편 분석」, 『인문논총』 8집, 호서대,
　　　1989. 12.

김용성, 「상허 이태준 소설론」, 『민제교수 회갑논총』, 중앙대, 1990. 10.

김용직, 「문장과 문장파의 의식성향 고찰」, 『선청어문』 23집, 서울
　　　대, 1995. 4.

김우종, 「사회악의 고발과 농촌 계몽의 인간형」, 『작가선집』 3, 1988.

＿＿＿, 「이태준 소설의 몇 가지 특성」, 『현대문학사의 조명』, 백문
　　　사, 1991. 12.

＿＿＿, 「아직은 실패한 우리문학─한국문학 아닌 ‘남한문학’의 한
　　　계와 그 극복」, 『시문학』 341호, 1999. 12.

김윤식, 「고전과 작위성」, 『한국근대문학사상비판』, 일지사, 1987.

＿＿＿, 「이태준론」, 『현대문학』, 1989. 5.

＿＿＿, 「이태준의 표정」, 『해방공간의 문학사론』, 서울대학교출판
　　　부, 1990.

＿＿＿, 「빨치산 소설의 기원」, 『한길문학』, 1990. 11.

＿＿＿, 「신분상승의 문학사적 성격에 관하여─‘대하’(김남천),
　　　‘농토’(이태준), ‘동행’(전상국)」, 『동서문학』 179호.

김은정, 「이태준 단편소설 연구─작중인물의 욕망을 중심으로」, 서
　　　강대 석사학위논문. 1991.

＿＿＿, 「이태준 문학에 나타난 ‘선비 의식’─단편소설을 중심으

로」, 『서강어문』 11집. 1995. 11.

_____, 「상허 이태준의 『청춘무성』론」, 『상허학보』 7집, 2001. 8.

_____, 「이태준 장편소설 연구」, 서강대 박사학위논문, 2002.

_____, 「이태준의 『농토』론」, 『상허학보』 9집, 2002. 8.

김인옥, 「1930년대 순수문학 연구—구인회 작가를 중심으로」, 『원우논총』 14집, 숙명여대, 1996. 12.

김재영, 「『농토』연구」, 『이태준문학연구』, 깊은샘, 1993. 12.

김재용, 「북한의 토지개혁과 그 소설적 형상화」, 『실천문학』, 1990.

_____, 「해방 직후 자전적 소설의 네 가지 양상」, 『문예중앙』, 1995.

_____, 「월북 이후 이태준의 문학 활동과 '먼지'의 문제성」, 『민족문학사연구』, 1997. 3.

_____, 「냉전의식에 굴절되니—'2차 소련 방문기'」, 『시사월간 윈』, 1998. 1.

김정철, 「이태준 문학의 근대성 연구」, 충북대 교육대학원 석사학위논문, 2001.

김정희, 「이태준 소설에 나타난 서술자의 특성 연구—해방 전 단편소설을 중심으로」, 경북대 석사학위논문, 1999.

김종균, 「이태준 장편소설 『불멸의 함성』에 나타난 민중문화의식」, 『한국어문학연구』, 한국외대, 1992. 11.

_____, 「이태준 장편소설 『성모』 연구」, 『건국어문학』 19·20합집, 1995. 5.

_____, 「이태준 장편소설 『화관』 연구」, 『어문논집』 34집, 고려대, 1995. 11.

_____, 「일제말기의 한국소설 연구」, 『고려대 민족문화연구원』, 1999.

＿＿＿＿, 「이태준 장편소설『청춘무성』연구」, 『논문집』 29집, 한국외대, 1996. 6.

＿＿＿＿, 「이태준 장편소설의 교양 소설적 특성 연구」, 『논문집』 30집, 한국외대, 1997. 2.

＿＿＿＿, 「이태준 장편소설『별을 창마다』 연구」, 『외국어교육연구논집』 11집, 한국외대, 1997. 2.

김종빈, 「묘혈을 자청한 이태준」, 『동아춘추』, 1963. 4.

김지혜, 「이태준 중·단편소설 연구―등장인물을 중심으로」, 전남대 교육대학원 석사학위논문, 1995.

김진기, 「이태준 단편소설 연구」, 건국대 석사학위논문, 1993. 8.

＿＿＿＿, 「전체에의 지향성―이태준론」, 『건국어문학』 17·18합집, 1994. 5.

＿＿＿＿, 『한국 근현대 소설 연구』, 박이정, 1999.

김탁환, 「역사인물소설 창작방법론 서설―이태준의 장편소설『황진이』를 중심으로」, 『한국언어문화』 21호, 2002. 6.

김택호, 「이태준 장편소설 연구」, 명지대 박사학위논문, 2003.

＿＿＿＿, 「이태준의 정신적 문화주의」, 『월인』, 2003.

＿＿＿＿, 「이태준 소설에 나타난 모성의 의미」, 『한국현대문학연구』 14호, 2003. 12.

김한식, 「이태준 단편소설의 서정적 특성 연구― '달밤'과 '불우선생'을 중심으로」, 『어문논집』 35집, 고려대, 1996. 12.

＿＿＿＿, 『한국 현대소설의 서사와 형식 연구』, 깊은샘, 2000.

김한응, 「이태준 연구―단편소설을 중심으로」, 제주대 석사학위논문, 1990.

＿＿＿＿, 「상허 이태준 연구―단편소설을 중심으로」, 제주대 석사학위논문, 1991.

김현숙, 「이태준 소설의 기호론적 연구」, 이화여대 박사학위논문, 1991. 2.

_____, 「이태준소설의 기호론적 분석」, 『개신어문연구』 8집, 충북대, 1991. 8.

_____, 「'오몽녀'언술의 특성과 수사법」, 『이태준문학연구』, 깊은샘, 1993. 12.

_____, 「이태준 소설의 노인, 그 기호학적 의미」, 『상허학보』 1집. 1999. 12.

_____, 「문학과 이념 사이를 방황한 방랑자―분단조국이 낳은 이태준의 비극적 생애」, 『문학사상』, 2004. 4.

김현주, 「이태준의 수필론 연구―'근대적 산문문학'과 '수필'에 대한 이해를 중심으로」, 『상허학보』 1집, 1999. 12.

김혜숙, 「이태준 소설 속의 여성상 연구」, 군산대교육대학원 석사학위논문, 2000.

김화선, 「이태준의 초기 아동문학작품 연구」, 『한국언어문학』 50호, 2003. 5.

김환태, 「상허의 작품과 그 예술관」, 『개벽』, 1934. 12.

김 훈, 「해금문학인―그들의 삶과 작품세계 4―이태준」, 『한국일보』, 1988. 8. 3.

노상래, 「이태준 연구―전기와 관련한 문학 변모양상을 중심으로」, 영남대 석사학위논문, 1990. 2.

류보선, 「역사의 발견과 그 문학사적 의미」, 『한국의 전후문학』, 태학사, 1991. 4.

류종렬, 「1930년대말 가족사, 연대기 소설의 인물유형과 그 특성」, 『우암어문논집』 3집, 부산외대, 1993. 2.

_____, 「일제말 가족사, 연대기 소설의 현실대응양상과 문학사적

의의」,『한국문학논총』, 1993. 11.

_____,「일제말 가족사, 연대기 소설의 형성배경 연구」,『우암어문논집』4집, 부산외대, 1994. 2.

_____,「일제말 가족사, 연대기 소설의 서사형식 연구」,『우암어문논집』5집, 부산외대, 1995. 2.

모윤숙,「조선여성의 자화상―이태준씨의 딸 삼형제」,『조선일보』, 1940. 1. 22.

문무학,「이태준『화관』연구」,『어문논총』, 대구대, 1990.

문영진,「피카레스크 소설에 대한 일고찰― '사냥'을 중심으로」,『논문집』61집, 한국국어교육연구회, 1997. 4.

_____,「근대의 포획력과 그 힘에서 벗어나기―이태준의 '사냥'에 대하여」,『민족문학사연구』13호, 1998. 12.

민영주,「이태준 장편소설에 나타난 여성상 연구」, 인천대 석사학위 논문, 1993. 2.

민충환,「상허 이태준론(1)―전기적 사실과 습작기 작품을 중심으로」,『논문집』6집, 부천공전, 1986.

_____,「상허 이태준의 전기적 고찰과 습작기 작품 검토」,『공산권연구』, 1986. 11.

_____,「상허 이태준론(4)― '어떤 젊은 어미'소고」,『부천전문대학보』, 1987.

_____,「상허 이태준론(2)― '농군'을 중심으로」,『논문집』7집, 부천공전, 1987. 2.

_____,「상허 이태준론(3)―단편소설의 발표원문과 개작내용과의 비교를 중심으로」,『공산권연구』, 1987. 5.

_____,「상허 이태준론(5)― '코스모스 이야기'를 중심으로」,『공산권연구』, 1987. 9.

_____, 「상허 이태준론(6) — '복덕방'을 중심으로」, 『논문집』 8집, 부천공전, 1987. 12.

_____, 「상허 이태준 중단편소설의 이해 — 1925~1943년을 중심으로」, 『공산권연구』, 1988. 1~3.

_____, 『이태준 연구』, 깊은샘, 1988. 4.

_____, 「고단했던 생애와 작품세계」, 『현대공론』, 1988. 6.

_____, 「상허 이태준론(7) — 작품의 현지답사 내용을 중심으로」, 『공산권연구』, 1989. 1.

_____, 「상허 이태준의 북에서의 작품」, 『공산권연구』, 1989. 9.

_____, 「상허 이태준론(8) — 북에서 쓴 단편소설을 중심으로」, 『논문집』, 부천공전, 1990. 3.

_____, 「월북 작가 이태준을 찾아서」, 『공산권연구』, 1990. 5.

_____, 「상허 작품집 출판의 한 문제점」, 『공산권연구』, 1990. 6.

_____, 「상허 이태준론(9) — '산월이'에 나타난 현장조사를 중심으로」, 『논문집』 11집, 부천공전, 1990. 12.

_____, 「'성모'에 나타난 한 문제」, 『학산문학』, 1992.

_____, 「북에서 개작한 상허 이태준의 작품 — '밤길'을 중심으로」, 『공산권연구』, 1992. 6.

_____, 『이태준소설의 이해』, 백산출판사, 1992. 9.

_____, 『이태준의 전기적 고찰, 이태준문학연구』, 깊은샘, 1993. 12.

_____, 「이태준의 새로운 습작기 작품」, 『극동문제』, 1995. 9.

박건명, 「이태준 단편소설에 나타난 인물유형 연구」, 『건국어문학』 15 · 16합집, 1991. 3.

박경덕, 「이태준 단편의 인물 유형」, 고려대 교육대학원 석사학위논문, 1990.

박계현, 「이태준 소설의 고아의식 연구」, 동국대 문화예술대학원 석사학위논문, 2001. 1.

박기연, 「이태준 소설 연구―작가의식의 변모과정을 중심으로」, 동아대 석사학위논문, 1992. 2.

박덕규, 「이태준의 단편소설에 나타난 죽음의식 연구」, 배재대 석사학위논문, 1999.

박미정, 「이태준 단편소설 연구」, 국민대 교육대학원 석사학위논문, 1994.

박상두, 「이태준의 '오몽녀' 연구」, 단국대교육대학원 석사학위논문, 1994.

박선애, 「『해방 전후』, 『농토』 연구」, 『원우논총』, 숙명여대, 1992. 11.

박영숙, 「이태준 단편소설 연구」, 강원대 교육대학원 석사학위논문, 1995.

_____, 「이태준 소설의 배경적 모티브 연구―기차·정거장을 중심으로」, 강원대 교육대학원 석사학위논문, 1999.

박은경, 「이태준 단편소설에 나타난 '부조리' 고찰」, 『인천어문학』 12집, 인천대, 1996. 2.

박은태, 「이태준 소설에 나타난 세계관의 변모 양상」, 『한국현대소설연구』 21호, 2004. 3.

박재섭, 「해방기소설 연구」, 서강대 석사학위논문, 1985.

박정규, 「상허소설의 현실인식」, 『어문논집』, 고려대, 1986. 3.

_____, 「농민소설에 나타난 유토피아 추구의식」, 『한양어문논집』 5집, 1987. 10.

박종화, 「이태준 저 『문장 강화』」, 『조선일보』, 1940. 5. 18.

박진숙, 「이태준의 '까마귀'와 인공적인 글쓰기」, 『현대소설연구』 16호, 2002. 6.

_____,「이태준 문학 연구」, 서울대 박사학위논문, 2003.

박철석,「한국리얼리즘 소설 연구(하)」,『문학 공간』, 1991. 1.

박태원,「이태준 단편집 『달밤』을 읽고―독후감」,『조선일보』, 1934. 7.26~27.

박헌호,「이태준 문학의 소설사적 위상」, 성균관대 박사학위논문, 1997. 8.

_____,『이태준과 한국근대소설의 성격』, 소명출판, 1999. 10.

박혜경,「이태준 소설에 나타난 여성의식 연구」, 인하대 교육대학원 석사학위논문, 2000.

박혜성,「이태준 소설 연구」, 성신여대 교육대학원 석사학위논문, 1996.

방용호,「이태준 단편소설 연구」, 인하대 교육대학원 석사학위논문, 1998.

_____,「이태준 장편소설 연구」, 인하대 박사학위논문, 2003.

방준원,「이태준론」,『백민』, 1946. 12.

백 철,「울결의 문학」,『조선일보』. 1937. 3.17~21.

_____,「문학과 사상성의 검토―내가 쓰는 작가 이태준론」,『동아일보』, 1938. 2 .15~19.

_____,「이태준씨 장편소설「딸 삼형제」를 읽고」,『매일신보』, 1940. 1. 19.

_____,「신사상의 주체화 문제점」,『신천지』, 1948. 7.

_____,「참 좋은 작가들이었는데」,『월간중앙』, 1978. 5.

백해선,「이태준 단편소설 연구」, 계명대 교육대학원 석사학위논문, 2000.

변경혜,「이태준 소설의 인물 연구」, 서울대 석사학위논문, 2001.

변소영,「이태준 단편소설 연구」,『마을 문』2집, 한국외대, 1990. 5.

三枝壽勝,「상황과 문학의 자세」, 경희대 석사학위논문, 1976. 2.

_____,「李泰俊 作品論」,『史淵』117호, 1980.

_____,「解放後の 李泰俊」,『史淵』118호, 1981.

상허문학회,『이태준문학연구』, 깊은샘, 1993. 12.

상허학회,『한국 근대문학 양식의 형성과 전개』, 깊은샘, 2003.

서석준,「한국현대소설에 나타난 '부 상실'연구」, 경희대 박사학위
　　　논문, 1991.

서영채,「두 개의 근대성과 서사의식」,『이태준문학연구』, 깊은샘,
　　　1993. 12.

서은선,「이태준 장편소설 연구」,『국어국문학』29집, 부산대, 1992.
　　　10.

_____,「서사기법으로 본 이태준 소설의 연구」,『한국문학논총』14
　　　집, 1993. 11.

서은희,「이태준 단편의 인물유형과 현실 인식 양상」, 고려대 교육
　　　대학원 석사학위논문, 1994. 2.

서정자,「소설에 나타난 노년남녀의 대비적 연대기」,『논문집』7집,
　　　초당대, 2002. 5.

서종택,「납·월북 작가 작품 연구―이태준·박태원·김남천을 중
　　　심으로」,『인문대논집』7집, 고려대, 1989. 12.

_____,「이태준의 단편소설」,『한국현대소설연구』, 새문사, 1990. 5.

선우휘,『납북되거나 월북한 문인들 문제』, 뿌리깊은나무, 1977. 5.

성병오,「추천사에 나타난 이태준의 소설이론에 대한 고찰」,『논문
　　　집』9집, 부산여전, 1988. 12.

송기한,「문장과 전통주의의 현대적 성격 연구」,『인문과학논문집』
　　　26집, 대전대, 1998. 8.

송명희,「이태준 소설의 여성 이미지 연구― '신혼일기'를 중심으

　　　로」,『한국문학이론과 비평』 22호, 2004. 3.

송미선, 「이태준의 성장소설 연구」, 단국대 교육대학원 석사학위논
　　　문, 2003.

송백헌, 「이태준의 역사소설 연구」,『논문집』, 충남대, 1995. 12.

송병직, 「이태준의 농민소설 연구」, 충남대 교육대학원 석사학위논
　　　문, 1995.

송영숙, 「이태준 단편소설 연구」, 단국대 교육대학원 석사학위논문,
　　　2000.

송인화, 「상허 이태준 단편소설 연구」, 연세대 석사학위논문, 1990.

＿＿＿, 「이태준 소설 연구」, 연세대 박사학위논문, 1999.

＿＿＿,『이태준 문학의 근대성』, 국학자료원, 2003.

송하섭, 「이태준 소설의 서정성 연구」,『논문집』, 단국대, 1995.

＿＿＿, 「이태준 단편의 작중인물들」,『단국어문논집』 1집, 1995. 5.

송하춘, 「자전적 소설 연구―이태준의 경우」,『인문논집』 43집, 고
　　　려대, 1998. 12.

신남철, 「작가 심정의 문제」,『동아일보』, 1937. 6. 23.

신동욱, 「이태준작품의 문학적 의미」,『해금문학전집』 2, 삼성출판
　　　사, 1988.

＿＿＿, 「이태준 소설과 민족의식」,『월간 고교독서평설』, 1991.
　　　11～1992. 1.

＿＿＿, 「이태준의 소설에 나타난 민족의식」,『동방학지』, 연세대,
　　　1992.

신순철, 「해방 이후의 이태준의 삶과 문학」,『국문학연구』 13집, 효
　　　성여대, 1990. 12.

＿＿＿, 「이태준 연구」, 효성여대 박사학위논문, 1991. 2.

＿＿＿, 「해방 전의 이태준의 문학적 전기 고찰」,『논문집』 5집, 경

주전문대, 1991. 5.

_____, 「이태준 단편소설의 서정성 고찰」, 『논문집』, 경주전문대, 1992.

신용화, 「이태준 단편소설 연구」, 연세대 교육대학원 석사학위논문, 1994.

신윤경, 「김유정과 이태준 단편에 나타난 아이러니 비교연구」, 고려대 교육대학원 석사학위논문, 1993. 2.

신춘호, 「이태준의 농민소설 연구」, 『논문집』, 건국대, 1992.

신형기, 「해방직후 중간층 작가의 의식전이 양상―이태준을 중심으로」, 『오늘의 문예비평』, 1991.

_____, 「해방 이후의 이태준」, 『상허학보』 1집, 1999. 12.

신희교, 『일제말기 소설 연구』, 국학자료원, 1996.

_____, 「이태준 소설의 반어적 특성 연구」, 『현대소설연구』 4호, 1996. 6.

심진경, 「이태준의 『성모』 연구」, 『상허학보』 8집, 2002. 2.

안남연, 「이태준소설의 미학적 연구」, 『우리어문학연구』 3집, 한국외대, 1991. 9.

_____, 「이태준 장편소설 연구」, 한국외대 박사학위논문, 1992. 2.

_____, 「이태준 장편소설의 작중 인물유형 연구」, 『한국어문학연구』 4집, 한국외대, 1992. 11.

_____, 『이태준 장편소설 연구』, 대영현대문화사, 1993.

_____, 「'성모'에 나타난 인물들의 관계 연구」, 『한국어문학연구』 5집, 한국외대, 1993. 11.

_____, 「이태준 장편소설의 변모 양상」, 『한국어문학연구』 6집, 한국외대, 1994. 12.

안미영, 「이태준 소설에 나타난 유곽의 의미」, 『현대소설연구』 18호, 2003. 6.

안숙원, 「구인회와 바보의 시학」, 『서강어문』 10집, 1994. 12.

안한상, 「해방 전후에 나타난 문인의 현실 인식과 삶의 선택」, 『전농 어문연구』, 서울시립대, 1992. 12.

안회남, 「문예시평—최근 창작 개평」, 『조선일보』, 1935. 5. 30.

양문규, 「1930년대 단편소설 연구」, 『인문학보』, 강릉대, 1994. 11.

_____, 「『사상의 월야』 해설」, 『사상의 월야—이태준문학전집』 7, 깊은샘. 1996. 10.

양백화 외, 「조선 문단 합평회」, 『조선문단』, 1925. 8.

양용산, 「이태준 단편소설에 나타난 공간 분석」, 목포대 석사학위논 문, 2001.

양일운, 「북한의 숙청문인—상허와 임화를 중심으로」, 『북한학보』 5호, 1981.

양진오, 「이태준의 『사상의 월야』 연구—응시와 직시의 시각 수준 개념을 중심으로」, 서강대 석사학위논문, 1993. 2.

_____, 「이태준 장편소설 분석」, 『서강어문』 10집, 1994. 12.

양태진, 「월북 작가론」, 『통일정책』 4권 2호, 1978.

양혜경, 「전통 지향적 인식의 양상 고찰」, 『한국문학의 새로운 인식』, 세종문화사, 1996. 2.

엄명자, 「이태준의 『사상의 월야』 연구」, 경산대 석사학위논문, 1999.

오경은, 「이태준 연구—자전적 소설 『사상의 월야』를 중심으로」, 숭실대 석사학위논문. 1992. 2.

오양호, 「이태준 아동문학론」, 『인천어문학』, 인천대, 1992.

오인숙, 「이태준의 신문연재소설 연구」, 한남대 석사학위논문, 2000.

오일명, 「그는 이데올로기가 낳은 비극인이었다」, 『현대공론』, 1988. 6.

오형엽, 「이태준 단편소설의 스토리 전개방식」, 『어문논집』 33집, 고려대, 1994. 12.

오효일, 「1940년대 후반기 단편소설 연구」, 계명대 석사학위논문, 1984.

우정권, 「이태준의 생애와 문학」, 『포엠Q픽션』 12호, 2004. 2.

원종찬, 『새로 조명하는 정지용과 이태준의 아동문학』, 아침햇살, 1997. 6.

원형갑, 「이태준의 문학세계 어떻게 볼 것인가」, 『문학세계』, 1992. 7.

유순영, 「해방 전후의 사소설적 성격 연구」, 『한민족문화연구』 2호, 1997. 12

유인순, 「미독의 즐거움―이태준의 '성모'를 중심으로」, 『조선학보』 159호, 1996. 4.

유인영, 「이태준 소설의 아이러니 연구」, 전북대 교육대학원 석사학위논문, 1998.

유종호, 「'인간사전'을 보는 재미―이태준의 단편」, 『1930년대 민족문학의 인식』, 1990.

유철상, 「이태준 단편소설 연구」, 서울대 석사학위논문, 1993. 2.

유한근, 「스타일리스트 상허」, 『월간문학』, 1988. 6.

윤규섭, 「학예사판 『이태준 단편집』을 읽고」, 『매일신보』, 1941. 3. 23~29.

윤병로, 「상허 수필론의 재음미」, 『수필문학』 6호, 1999. 4.

윤애경, 「이태준 단편소설의 변모과정 연구」, 연세대 석사학위논문, 1995.

윤재천, 「이태준의 수필세계」, 『현대수필』, 1994. 12.

윤지영, 「이태준 장편소설의 이념적 지향 연구」, 숙명여대 석사학위논문, 2003.

이강언, 「이태준 소설의 소외 양상 연구」, 『대구예술논총』 18집, 대구대, 1999. 1.

이강현 · 박여범, 「1930년대 가족사, 연대기 소설 연구」, 『논문집』, 중부대, 1997. 8.

이 건, 「이태준의 『황진이』 연구」, 상명여대 석사학위논문, 1996.

_____, 「이태준의 역사소설 『황진이』의 서사구조와 반유교주의 사상」, 『자하어문논집』, 상명대, 1996. 8.

이경국, 「이태준 소설 연구—시대별 변모양상을 중심으로」, 창원대 석사학위논문, 1998.

이경남, 「월북 작가 이태준은 북한탈출을 기도했었다」, 『월간현대』, 1987. 11~12.

이경은, 「이태준 단편소설 연구」, 연세대 교육대학원 석사학위논문, 1989. 8.

이기인 엮음, 『이태준』, 새미, 1995. 12.

_____, 「절제된 연민—이태준 소설의 미적 성취에 대하여」, 『한국문학이론과 비평』 22호, 2004. 3.

이나영, 「해방직후 소설의 진보적 세계관 연구—이태준 · 안회남 · 허준의 진보적 세계관의 형성과 변모과정을 중심으로」, 경북대 석사학위논문, 1998.

이남호, 「이태준 단편소설 연구」, 『한국어문 교육』 3집, 고려대, 1988. 12.

_____, 「오래된 것들의 아름다움」, 『무서록—이태준문학전집』 15, 깊은샘, 1994. 11.

이대영, 「상허의 장편소설 연구」, 『어문연구』 23집, 충남대, 1992. 12.

_____, 「이태준 단편소설 연구」, 『어문연구』 30집, 충남대, 1998. 12. 10.

이동봉, 「이상과 실체—상허의 『소련기행』을 읽고」, 『경향신문』, 1947. 8. 10.

이명성, 「이태준 단편소설 연구」, 중앙대 석사학위논문, 1995.

이명희, 「이태준의 장편 '화관'고찰」, 『원우논총』, 숙명여대, 1992.

_____, 「이태준 장편 『청춘무성』고」, 『어문논집』 3집, 숙명여대, 1993. 2.

_____, 「이태준 문학 연구」, 숙명여대 박사학위논문, 1993. 8.

_____, 「장편소설에 나타난 여성의식」, 『이태준문학연구』, 깊은샘, 1993. 12.

_____, 「『황진이』, 『왕자 호동』의 역사 소설적 의미」, 『이태준문학연구』, 깊은샘, 1993. 12.

_____, 「이태준 소설의 인물과 성격화」, 『한국학연구』, 숙명여대, 1994.

_____, 「'좋은 소설'로서의 상허만의 존재방식」, 『동서문학』, 1994. 2.

_____, 「이태준 소설의 기법과 구성법」, 『한국어문학』 4집, 1994. 8.

_____, 『상허 이태준의 문학세계』, 국학자료원, 1994. 11.

_____, 「이태준 희곡 연구」, 『국어국문학』 112호, 1994. 12.

_____, 「이데올로기의 간극과 작가의 비극」, 『월북 작가에 대한 재인식』, 깊은샘, 1995. 7.

_____, 「'구인회' 작가들의 여성의식 ― 김기림 · 박태원 · 이태준을 중심으로」, 『어문논집』 6집, 숙명여대, 1996. 12.

_____, 「역사적 사실과 이야기적 요소의 만남 속에 숨겨진 작가의 내면세계」, 『왕자호동 ― 이태준문학전집』 7, 깊은샘, 1997. 6.

이미경, 「이태준 단편소설에 나타난 현실수용양상」, 성균관대 교육대학원 석사학위논문, 1998.

이미림, 「1930년대 후반기 장편소설 일고찰 ― 1937년도 발표작을 중심으로」, 『한국학연구』 5집, 숙명여대, 1995, 12.

이병렬, 「이태준문학연구의 향방」, 『숭실 어문』 6집, 1989. 4.

_____, 「광복기 작가의 한 유형(1) ─ 이태준의 변신」, 『숭실 어문』 8집, 1991. 7.

_____, 「이태준 소설의 창작기법 연구」, 숭실대 박사학위논문, 1993. 8.

_____, 「'복녀'와 '오몽녀'의 거리」, 『숭실 어문』 10집, 1993. 9.

_____, 「이태준소설의 개작문제고」, 제36회 전국 국어국문학 연구 발표대회 발표요지, 1993. 6. 6.

_____, 「이태준 소설의 인물 성격화 유형」, 『이태준문학연구』, 깊은샘, 1993. 12.

_____, 「이태준의 문학사적 위상」, 『이태준문학연구』, 깊은샘, 1993. 12.

_____, 「소설미학과 현실인식의 사이에서」, 『동서문학』, 1994. 3.

_____, 「이태준 소설의 텍스트 문제」, 『국어국문학』 111호, 1994. 5.

_____, 「『첫전투』와 『고향길』의 의미」, 『해방 전후, 고향길 ─ 이태준문학전집』 3, 깊은샘, 1995. 10.

_____, 「이태준 후기소설 연구」, 『현대소설연구』 5호, 1996. 12.

_____, 「이태준의 『사상의 월야』 연구」, 『숭실 어문』 13집, 1997. 6.

_____, 「『황진이』의 역사 소설적 의미」, 『황진이, 법은 그렇지만 ─ 이태준문학전집』 8, 깊은샘, 1997. 7.

_____, 「이태준의 소설관 연구」, 『현대소설연구』 7호, 1997. 12. 30.

_____, 「역사적 인물의 소설적 형상화」, 『숭실 어문』 14집, 1998. 6. 14.

_____, 『이태준 소설 연구』, 평민사, 1998. 10.

_____, 「이태준 문학 연구, 그 성과와 한계」, 『상허학보』 1집, 1999. 12.

_____, 「이태준의 '먼지' 연구 ─ 어느 민족주의자의 분단정국 바라보기」, 『상허학보』 8집, 2002. 2.

이상갑, 「『사상의 월야』 연구」, 『이태준문학연구』, 깊은샘, 1993. 12.

이상명, 「이태준 단편소설에 나타난 현실의식 고찰」, 『인천어문학』 10집, 1994. 2.

이상화, 「일제말 한국 가족사소설 연구」, 상명대 박사학위논문, 2003.

이선미, 「이태준 소설 연구」, 연세대 석사학위논문, 1991. 2.

_____, 「단편소설에 나타난 현실인식」, 『이태준문학연구』, 깊은샘, 1993. 12.

_____, 「감상적 인간주의의 미적 승화」 1, 『동서문학』, 1994. 3.

_____, 「'구인회'의 소설가들과 모더니즘의 문제」, 『근대문학과 구인회』, 깊은샘, 1996. 9.

_____, 「이태준 동화 연구―고아체험과 '여운'의 상상력」, 『상허학보』 7집, 2001. 8.

이선영, 「전통적 정서에 민족의식을 담은 이태준」, 『한국인』, 1988. 11.

이수라, 「해방공간의 단편소설에 나타난 작가의식 연구―이태준·김동인·이봉구·채만식」, 전북대 석사학위논문, 1993. 2.

이승수, 「한국문학의 공간탐색 1: 평양―김시습의 '취유부벽정기'와 이태준의 '패강랭'을 중심으로」, 『한국학논총』 33집, 한양대, 1999. 10.

이예주, 「이태준론」, 『성심어문논집』, 성심여대, 1993. 2.

이용군, 「이태준의 『사상의 월야』 연구」, 『숭실 어문』 19집, 2003. 6.

이우석, 「이태준 단편소설에 나타난 인물유형 연구」, 국민대 교육대학원 석사학위논문, 1997.

이우용, 「이태준―허위적 속성의 문학과 비극적 삶」, 『사회와사상』, 1989. 5.

_____, 「이태준 『농토』에 나타난 인물 성격 연구」, 『논문집』, 건국

대, 1990.

이원규, 「글쓰기의 고전 『신 문장 강화』」, 『시사월간 윈』, 1998. 1.

이익성, 「상허 단편소설 연구」, 서울대 석사학위논문, 1987. 2.

_____, 「『사상의 월야』와 자전적 소설의 의미」, 『한국근대장편소설 연구』, 모음사, 1992. 8.

_____, 「상허 단편소설의 구조와 기법」, 『이태준문학연구』, 깊은샘, 1993. 12.

이재봉, 「해방기 이태준 소설 연구」, 부산대 석사학위논문, 1989. 8.

_____, 「해방기 이태준 소설 연구」, 부산대 석사학위논문, 1990. 8.

_____, 「이태준의 『해방 전후』와 그 이데올로기의 성격」, 『국어국문학』 27집, 부산대, 1990. 9.

_____, 「『농토』의 인물성격과 그 의미」, 『한국문학논총』 12집, 1991. 11.

이재진, 「이태준 소설 연구—자전적 요소를 중심으로」, 고려대 교육대학원 석사학위논문, 1997.

이종대, 「이태준 희곡 연구」, 『상허학보』 1집, 1999. 12.

이주형, 「1930년대 한국장편소설 연구」, 서울대 박사학위논문, 1983.

이중재, 「이태준 단편에 나타난 아이러니 기법 고찰」, 『동악어문논집』, 1995.

_____, 「'구인회' 연구—이태준·박태원·이상의 소설을 중심으로」, 동국대 박사학위논문, 1996.

이진희, 「1930년대 소설에 나타난 母像 연구—박태원·이태준·최정희·강경애를 중심으로」, 서강대 석사학위논문, 1998.

이창민, 「『사상의 월야』의 공간적 배경과 주제」, 『한국문학연구』 2집, 고려대, 2001. 12.

이 철, 「최근의 북한」, 『문단세계』 2호, 1960. 8.

이탄미, 「이태준 소설 연구―해방이전 단편을 중심으로」, 중앙대 석사학위논문, 1990. 8.

_____, 「이태준 연구」, 중앙대 박사학위논문, 2002.

이항구, 「북한작가들의 생활상」, 『국토통일원』, 1979.

이헌구, 「이태준의 『딸 삼형제』를 읽고」, 『문장』, 1940. 3.

이혜령, 「이태준 장편소설 연구」, 성균관대 석사학위논문, 1996.

이혜숙, 「이태준 소설의 등장인물들에 대하여」, 『실천문학』, 1999. 9.

이혜원, 「이태준 소설의 이미지 연구」, 『한국어문교육』 6집, 고려대, 1992. 12.

_____, 「이태준 소설의 이미지 연구」, 『이태준문학연구』, 깊은샘, 1993. 12.

이호숙, 「이태준 문학관 연구」, 『연구논집』, 이화여대, 1993.

_____, 「이태준 소설의 이중욕망 연구」, 이화여대 박사학위논문, 2002.

_____, 「식민지 시대 남성작가의 욕망과 여성주인공―이태준 여주인공 소설 연구」, 『한국문화연구』 4집, 이화여대, 2003. 6.

이화진, 「이태준의 장편소설에 대한 일 고찰」, 『반교어문연구』, 1991.

이홍숙, 「이태준 소설 『농토』의 신화적 성격」, 『사람어문연구』 12집, 1999. 12.

이희춘, 「낙원과 이념의 사이―이태준론」, 『논문집』, 밀양산업대, 1996.

일기자, 「이상을 어하는 이태준씨」, 『삼천리』, 1939. 1.

一松生, 「문인 만화 관상록」, 『신동아』, 1933. 3.

임 화, 「단편소설의 조선적 특징」, 『인문평론』, 1939.

임경순, 「이태준소설의 담론과 해석」, 『현대소설연구』 6호, 1997. 6.

임관수, 「이태준의 역사소설 연구」, 『논문집』 16집, 충청대, 1999. 7.

임명수, 「한국근대소설의 서정적 성격 연구」, 경북대 석사학위논문, 1988. 7.

임영봉, 「이태준 소설의 욕망구조―여성이미지를 중심으로」, 『연구논집』, 중앙대, 1996. 4.

임은희, 「이태준 단편소설 연구」, 한양대 석사학위논문, 1994.

임진영, 「8·15 직후 단편소설 연구」, 연세대 석사학위논문, 1987.

임창범, 「이태준 소설 연구」, 전북대 교육대학원 석사학위논문, 1999.

임헌영, 「이태준의 해방 이후 작품세계」, 『해방 전후, 고향 길―이태준문학전집』 3, 깊은샘, 1995. 10.

임형택, 「상허 이태준론(1)」, 『노산어문학』 1호, 1963. 11.

_____, 「상허 이태준론(2)」, 『노산어문학』 2호, 1964. 10.

장미영, 「이태준연구―단편소설을 중심으로」, 『한성어문학』, 한성대, 1990.

장병희, 「이태준 단편소설에 나타난 '가난'문제 연구」, 『어문학논총』 16집, 국민대, 1997. 2.

장소진, 「이태준 문학에서 노인의 문제」, 『서강어문』 9집, 1993. 12.

_____, 『현대소설 플롯론』, 보고사, 2000.

장양수, 「이태준 단편 '가마귀'의 탐미주의적 성격」, 『한국문학논총』 13집, 1992. 10.

_____, 「일제의 핍박 수탈 고발 실낙원 소설―이태준 단편 '꽃나무는 심어놓고' 외」, 『동의논집』 21집, 1994.

_____, 「이태준 단편 '농군'의 대일 협력적 성격」, 『동의논집』 23집, 1996. 2.

장영우, 「상허 이태준론」, 『해금문학론』, 미리내, 1991. 8.

_____, 「이태준의 초기작품에 관한 일 고찰」, 『문학예술』, 1992. 4.

_____, 「이태준 소설 연구」, 동국대 박사학위논문, 1992. 8.

_____, 「해방 후 이태준 소설 연구」, 『한국문학연구』 16집, 동국대, 1993. 12.

_____, 「낭만주의적 민족관과 온고지신의 정신」, 『동서문학』, 1994. 3.

_____, 「이태준 단편소설의 특징과 의미」, 『달밤 ― 이태준문학전집』 1, 깊은샘, 1995. 3.

_____, 『이태준 소설 연구』, 태학사. 1996. 12

_____, 「이태준의 비극적 삶과 문학세계」, 『문학사상』, 2004. 4.

장장길, 「이태준」, 『조선학보』 92호, 1979.

장주식, 「슬픈 근대화의 정경 ― 이태준·이상의 작품을 중심으로」, 『국토정보』 177호, 1996. 7.

정문권, 「이태준 단편소설의 현실인식 양상」, 『인문논총』 15집, 배재대, 1999. 12.

정병철, 「이태준 단편소설 연구」, 연세대 교육대학원 석사학위논문, 1994. 8.

정숙자, 「이태준 장편소설 연구」, 전북대 교육대학원 석사학위논문, 1993. 2.

정연희, 「김동인과 이태준의 서술기법 비교연구」, 『현대문학이론연구』 15호, 2001. 6.

정운엽, 「상허 이태준소설의 의식 고찰」, 『경기문학』 10호, 1989. 12.

정원실, 「이태준 단편소설의 서정성 연구」, 동아대 석사학위논문, 1993. 2.

정지영, 「이태준 소설에 나타난 서정성 연구」, 국민대 석사학위논문, 1997.

정현기, 「이태준 연구」, 『세계의 문학』, 1988.

_____, 「작가적 증오심의 형상화」, 『월북문인연구』, 문학사상사,

1989. 8.

_____, 「이태준―정치로 죽기와 작가로 서기」, 건국대학교출판부, 1994. 12.

정현숙, 「예술가 의식과 사회의식」, 『어문학보』 17집, 강원대, 1994. 12.

정호웅, 「해방공간의 소설과 지식인」, 『한국학보』 54호, 1989.

조기철, 「이태준 문학작품에 나타난 선비정신 연구」, 단국대 박사학위논문, 2001.

조남철, 「귀농과 이농의 역설적 의미―1940년대 농민소설 연구」, 『현대문학의 연구』 1호, 1989. 3.

조남현, 「해방직후 소설에 나타난 선택적 행위」, 『해방공간의 문학사론』, 태학사, 1990.

_____, 「이태준의 이론과 실천의 틈새」, 『국어생활』 11권4호, 2001.

조달옥, 「상허 소설의 기법 고찰」, 『어문논집』, 경남대, 1990.

조문규, 「이태준 소설 연구」, 경남대 교육대학원 석사학위논문, 1990. 2.

조병해, 「단편소설에 나타난 이태준의 작가의식 연구」, 경기대 석사학위논문, 1997.

조영복, 『월북예술가, 오래 잊혀 진 그늘』, 돌베개, 2002.

조용만, 「이태준씨 단편집 『달밤』을 읽고」, 『매일신보』, 1934. 8. 4~5.

_____, 「구인회의 기억」, 『현대문학』, 1957. 1.

_____, 「나와 구인회 시대」, 『대한일보』, 1969. 9. 30.

조은주, 「이태준 단편소설 연구―서정적 특성을 중심으로」, 단국대 석사학위논문, 1994.

진영범, 「해방기 리얼리즘소설 연구―채만식 · 안회남 · 이태준 · 이기영」, 연세대 석사학위논문, 1992. 8.

차원현, 「토지개혁의 형상화와 농본주의 사상—이태준의 『농토』에 대하여」, 『문학정신』, 1992. 5.

_____, 「토지개혁의 형상화와 농본주의 사상」, 『호서어문연구』 1집, 호서대, 1993. 12.

채 훈 외, 『월북 작가에 대한 재인식』, 깊은샘, 1995.

채호석, 「이태준 장편소설의 소설사적 의미」, 『이태준문학연구』, 깊은샘, 1993. 12.

_____, 「문학사적 사건으로서의 이태준」, 『실천문학』, 1999. 9.

천이두, 「한국단편소설론」, 『문학』 7호, 1966. 11.

_____, 「성장소설의 계보와 실상」, 『민족음악학보』 9집, 1995. 2.

최남희, 「이태준 단편소설의 분석과 해석」, 부산대 교육대학원 석사학위논문, 1993.

최명숙, 「이태준 단편소설의 골계 양상 연구」, 목포대 석사학위논문, 1998.

최소영, 「이태준 신문연재소설 연구」, 연세대 교육대학원 석사학위논문, 1995.

최용석, 「상허 이태준 단편소설 연구—현실인식의 변모과정을 중심으로」, 『어문논집』 27집, 중앙대, 1999. 12.

_____, 「상허 이태준의 현실인식 고찰」, 중앙대 석사학위논문, 2000.

최유찬, 「이태준의 삶과 문학」, 『리얼리즘이론과 실제비평』, 두리, 1992.

최은주, 「상허 이태준 단편소설 연구」, 한국외대 석사학위논문, 1990. 2.

최재서, 「최근 문단의 동향」, 『조광』, 1937. 11.

_____, 「단편작가로서의 이태준」, 『문학과 지성』, 인문사, 1938. 6.

최정숙, 「이태준의 문학과 월북 동기」, 『통일』, 1990.

최정주, 「『사상의 월야』 연구」, 『우석어문』, 전주우석대, 1993.

_____, 「이태준의 『해방 전후』 연구」, 『한국언어문학』 32집, 1994. 5.

_____, 「해방기의 이태준 소설 연구」, 전주우석대 박사학위논문, 1995. 2.

최정희, 「이태준 작 『청춘무성』」, 『인문평론』, 1941. 1.

최진이, 「"이 책을 누구에게도 보이지 말 것" ─ 북한에서의 이태준 문학 활동과 참담했던 가족의 행로」, 문학사상』, 2004. 4.

최태응, 「이태준의 비극(상)」, 『사상계』 116호, 1963. 1.

_____, 「이태준의 비극(하)」, 『사상계』 117호, 1963. 2.

최혜실, 「이태준 단편소설에 나타나는 '일상성(quotidiennet)'」, 『국어교육』, 1992.

_____, 「이태준 장편소설에 나타난 애정의 삼각구도」, 『한국근대장편소설연구』, 모음사, 1992. 8.

추경란, 「이태준 단편소설의 인물유형 고찰」, 조선대 교육대학원 석사학위논문, 1989. 2.

_____, 「이태준 단편소설의 인물유형 고찰」, 조선대 교육대학원 석사학위논문, 1990.

하정일, 「계몽의 내면화와 자기 확인의 서사」, 『근대문학과 구인회』, 깊은샘, 1996. 9.

한상규, 「『문장 강화』를 통해 본 이태준의 문학관」, 『이태준문학연구』, 깊은샘, 1993. 12.

한양숙, 「이태준소설연구 ─ 소외의식과 그 극복양상을 중심으로」, 계명대 박사학위논문, 1994. 2.

한형구, 「해방공간의 농민문학」, 『한국학보』 52호, 1988.

허만욱, 「이태준 소설의 창작기법과 미학성 고찰」, 『동남어문논집』 12집, 2001. 6.

허윤회, 「시대의 인식과 그 불협화―이태준의 문학에 나타난 모더니즘과 상고주의 논의에 대하여」, 『상허학보』1집, 1999. 12.

현순영, 「이태준 소설의 아이러니 연구」, 이화여대 석사학위논문, 1998. 2.

_____, 「이태준 소설의 아이러니 연구」, 이화여대 석사학위논문, 1998. 6.

홍　구, 「우리 위원장 이태준」, 『신문학』3호, 1946. 8.

홍효민, 「이태준 저 『화관』독후감」, 『동아일보』, 1939. 9. 11.

和田とも美, 「외국문학으로서의 이태준 문학―일본문학과의 差異化」, 『상허학보』1집, 1999. 12.

황국명, 「한국 현대 성장소설의 정치적 환상 연구」, 『한국문학논총』25집, 1999. 12.

황순재, 「현실대응의 방법적 자각―이태준의 『화관』론」, 『문학과 비평』, 1991. 6.

_____, 「이태준의 소설 『화관』론―현실 대응 논리를 중심으로」, 『인문논총』50집, 부산대, 1997. 6.

황영숙, 「이태준 소설 연구」, 명지대 박사학위논문, 1994. 8.

황종연, 「반근대의 정신―식민지시대 이태준의 단편소설에 관한 한 고찰」, 『세계의 문학』, 1992. 12.

장영우張榮遇　1956년 서울에서 태어나 동국대학교 국어국문학과를 졸업하고 같은 학교 대학원에서 박사학위를 받았다. 현재 계간 『너머』의 편집주간과 한국불교어문학회 회장을 맡고 있으며, 동국대학교 문예창작학과 교수로 재직 중이다.

저서에 『중용의 글쓰기』(1996), 『이태준소설연구』(1996), 『우리 시대의 소설, 우리 시대의 작가』(1997), 『소설의 운명, 소설의 미래』(1999), 『새로 쓰는 한국작가론』(2002), 『거울과 벽』(2007)이 있으며, 그밖에 다수의 논문을 발표했다.